Christine Gerdes

Die Tochter des Kapitäns

eine historische Erzählung

Christine Gerdes

Die Tochter des Kapitäns

eine historische Erzählung

ISENSEE VERLAG
OLDENBURG

Umschlaggestaltung: Verena Gerdes
unter Verwendung einer Dokumentenvorlage
aus dem Staatsarchiv Bremen, Signatur: 2.P.13-219

Bibliografische Information Der Deutschen Bibliothek

Die Deutsche Bibliothek verzeichnet diese Publikation in der Deutschen Nationalbibliografie; detaillierte bibliografische Daten sind im Internet über <http://dnb.ddb.de> abrufbar.

ISBN 3-89995-125-5

Gedruckt bei Isensee in Oldenburg

Inhalt

Vorwort

Von jeher schmiegte sich die Stadt dicht an den Weserstrom. Als ihre Sehnsucht wuchs nach dem fernen Meer, begann sie sich auszustrecken, weit nach Norden hin. Doch ihre Kraft reichte nicht aus, so dass sie stehen bleiben musste auf halber Strecke, um Atem zu schöpfen. Aber es reute sie nicht, hier ihren Vorposten gesetzt zu haben, denn die Natur hatte gerade diesen Ort mit mancherlei Vorzügen ausgestattet.
Aus Gründen, über die die Nachwelt noch rätselt, bekam er den Namen Vegesack. – Vegesack an der Weser, vor den Toren Bremens gelegen: Alte Kapitänsvillen in lauschigen Wohnstraßen, ehrwürdige Kirchbauten in klassizistischem Stil sowie Speicher und Hafenanlagen zeugen noch heute von einer stolzen Vergangenheit. Die jedoch schlummert und schläft, dezent verdeckt vom geschäftigen Kleinstadtleben unserer Zeit. Überall herrscht es vor, in den lebhaften Einkaufspassagen wie auf dem bevölkerten Wochenmarkt, schwillt laut und aufdringlich an in der Nähe der zahlreichen Schulgebäude, aus denen sich um die Mittagszeit eine Unmenge von quirligen Kindern und froh gelaunten jungen Menschen über die Straßen und Plätze des Städtchens zu ergießen pflegen.
Abseits der geschäftigen Ortsmitte, am Ende der Breitenstraße, fällt der Blick auf ein schmiedeeisernes Tor. Lockend, einladend steht es da und belohnt den, der es durchschreitet, mit einem der herrlichsten Ausblicke weit und breit. Der Steilhang, hoch über der Weser, fällt jäh zum Flusse ab, zu seinen Füßen, die grüne, oft blühende Parklandschaft, jenseits des Flusses, hinter den modernen Werften, das weite, endlose Land, das in der Ferne sich mit den blauen Schleiern des Himmels mischt, sich in ihnen aufzulösen scheint.
Wenn du inne hältst und dich von der Schönheit und dem Zauber dieses Ortes anrühren lässt, wenn du still wirst und zuhören lernst, erzählen die hohen alten Bäume dir dort leise und vertraut die Geschichte dieses Ortes.

Es ist vornehmlich die Geschichte einer Frau, deren Schicksal mit diesem Flecken Erde eng verwoben ist. Die Erinnerung an sie ist längst verblasst, doch noch heute ist der Ort erfüllt von ihren Träumen, ihren Empfindungen von Liebe und Leid, Trauer, Hoffnung und Schmerz. Sie wirken nach Jahrzehnt um Jahrzehnt, Jahrhundert um Jahrhundert, spürbar aber wohl nur für die Menschen, die diesen Ort so lieben wie sie ihn einst geliebt hat, sie, Margarethe Lameyer, die älteste Tochter des Vegesacker Kapitäns Lüder Wieting.

Noch gibt es die wenigen Spuren, die zu ihr führen. Bald werden auch diese verwischt und für immer verloren sein. Darum lasst mich noch heute damit beginnen, von ihrem Leben zu erzählen, von einem Leben damals in Vegesack...

Teil 1

Margarethes Kindheit

Man schrieb das Jahr 1793, als Margarethe in Fähr geboren worden war. Auf den Armen von Gesche Rowehl, der Mutter ihrer Mutter, wurde sie in der reformierten Kirche zu Blumenthal getauft. Den reformierten Glauben hatte auch die Familie des Vaters. Dennoch wandten sich die Wietings bei Taufen und Beerdigungen gleichermaßen an die lutherische Kirchengemeinde St. Martini in Lesum. Zwischen diesen beiden Polen protestantischer Frömmigkeit wuchs Margarethe in dem vom Seefahrerleben geprägten Vegesack auf. Es war eine Zeit weltweiter Veränderungen und Umwälzungen. Deren Auswirkungen waren auch in dem kleinen Ort zu spüren, der Bindeglied war zwischen der alten, ehrwürdigen Hansestadt Bremen und den weiten Ozeanen. Welch große Bedeutung hatten die Ozeane! Unzählige Menschen fanden durch sie den Weg in neue Heimatländer, unzählige den Tod in ihren endlosen Tiefen, wenn auf der Überfahrt in die neue Welt bei Orkanen und aufgewühlter See die Segelschiffe schutzlos wie Streichholzschachteln in den turmhohen Wellen zerbrachen.

Nichts schien mehr zu bleiben wie es war; die Revolution hatte von Frankreich her ihren Lauf genommen und das alte Weltbild ins Wanken gebracht. Sie hatte die Völker Europas wachgerüttelt und in ihnen die Sehnsucht nach den neuen Idealen von Freiheit, Gleichheit und Brüderlichkeit geweckt. Stand und Herkunft verloren an Bedeutung und die Führung eines selbst bestimmten Lebens wurde für immer mehr Menschen möglich.

Damals gehörte der Ort Vegesack, wie schon so oft in seiner Geschichte, zum Herzogtum Hannover und damit zum englischen Königreich. Nur der Hafen war bremisch geblieben. Es herrschte ein geschäftiges Treiben an diesem Ort und der Strom der Menschen, die aus den umliegenden preußischen Gemeinden hierher zogen, um Brot und Arbeit zu finden, wurde immer größer.

Das erklärte Ziel eines jeden strebsamen Mannes aber war, auf einem Schiff anzuheuern, das unter der Flagge Bremens fuhr. Wenigen gelang es, dafür die Voraussetzung zu erwerben, die darin lag, den Bremer Bürgereid zu leisten. Denn um den Rat der Stadt von sich zu überzeugen, musste man schon angesehene Kaufleute als Bürgen vorweisen können. Für den Schiffer Arend Wieting aus Vegesack war das kein Hindernis, und so wurde er im Jahre 1781 als ein Bürger Bremens anerkannt. Seine Vorfahren stammten aus Neuenkirchen, waren dort als Schmiede ansässig, bis ein gewisser Cord Wieting als Walfänger und so genannter Grönlandfahrer mit der Seefahrt begann. So blieb es auch unter den nachfolgenden Generationen. Auch die drei Söhne des Arend Wieting hatten ihren Vater von frühester Jugend an auf seinen Fahrten über die Meere begleitet und von ihm alles gelernt, was sie später als gute Schiffsführer auszeichnen sollte: Nach seinem frühen Tod auf See setzten Lüder, Arend und Cord sein Lebenswerk fort. Trotz der verworrenen politischen Verhältnisse konnten sie den ererbten Wohlstand sogar noch mehren. Das war nicht selbstverständlich, denn neben den Gewalten der Ozeane gab es viele Gefahren, die die Seeleute zu fürchten hatten. Kriegerische Auseinandersetzungen zwischen England und Frankreich um die Vormachtstellung auf den Meeren waren an der Tagesordnung. Und, obwohl sich die Hansestadt Bremen möglichst durch Neutralität aus diesen Streitigkeiten herauszuhalten versuchte, wurden die Bremer Kapitäne häufig Opfer der Kaperei. Auch Lüder Wieting erlitt dieses Schicksal mit seiner „Bremen". Vor Puertorico hatte der berüchtigte Korse Lustelot unberechtigt sein Schiff mitsamt der Ladung gekapert und ihn und seine Mannschaft ausgeraubt. Völlig mittellos, ohne Papiere, mussten die Männer eine abenteuerliche Heimreise auf fremden Schiffen antreten.

Wir treffen Lüder im Spätsommer des folgenden Jahres in Vegesack wieder: Der Kapitän war noch gezeichnet von den Strapazen, die die langwierige Rückreise in sein Heimatland ihm abverlangt hatte. Er war jetzt mit Frau und Kindern unterwegs,

um sich zum ersten Mal das Haus anzusehen, das er sich auf seinem Grundstück an der Weserstraße auf der Grenze zwischen Alt- und Neu- Vegesack erbauen ließ. Was er dort sah, stellte ihn zufrieden und stimmte ihn versöhnlich mit dem Schicksal, das ihm in letzter Zeit so übel mitgespielt hatte: Die Mauern des Hauses waren längst hochgezogen, der Dachstuhl gesetzt und in Kürze konnte das Dach eingedeckt werden. Mit Sicherheit würden sie noch vor Einbruch des Winters hier einziehen und vielleicht würde Margarethe sogar schon ihren vierten Geburtstag im November in dem neuen Zuhause verleben dürfen.
Lüder Wieting hatte die Kleine auf seine Schultern genommen, so dass sie von dort oben einen hervorragenden Ausblick auf das ganze Gelände hatte mit dem Rohbau im Vordergrund, dem Grundstück linker Hand bis zum Haus von Bäcker Harbers und rechter Hand bis zu den Gärten von Dr. Roth. „Gefällt es dir hier, Margarethe?“, fragte der Vater die Kleine gut gelaunt und ihr eifriges Kopfnicken bestätigte ihm, dass er mit dem Erwerb seiner Grundstücke hier ein Glückslos gezogen hatte. Weit war er herumgekommen in der Welt, doch eine Flusslandschaft von solchem Reiz wie diese hier am hohen Weserufer, mit dem nah ans Wasser drängenden Geesthang auf dem einen Ufer und den satten Wiesen der Marsch bis hin zum weiten Horizont auf dem anderen war einzigartig und durch nichts zu überbieten.
Ganz Vegesack ließ sich von hier oben überblicken mitsamt der Hafeneinfahrt und der Lesummündung bis hin zu den Landstrichen von Lesumbrook und Mittelsbüren, wo, mit bloßem Auge noch gut zu erkennen, der ehemalige Freihof der Stedings „to de Foten“ lag, der späteren Generationen als „Spiegelhof“ noch lange bekannt bleiben sollte.
Lüder war sich sicher, dass seinen Kindern und Kindeskindern für dieses Stück Boden in der Weserstraße einmal ein Vielfaches des heutigen Wertes geboten werden würde. Schon jetzt sahen sich die Bremer Kaufleute, die zu Geld gekommen waren, außerhalb der Stadt nach bevorzugt gelegenen Grundstücken für ihre Sommersitze um. Und diese neue Erscheinung würde bei wachsendem Wohlstand noch mehr in Mode kommen, da war

sich Lüder ganz sicher, denn, wie alle Wietings, hatte er ein ausgeprägtes Gespür für das Machbare und einen guten Geschäftssinn, auf den er sich stets verlassen konnte.
Mit dem Kind auf den Schultern begab sich Lüder Wieting zur rückwärtigen Seite des Neubaus. Hier erstreckte sich noch eine weite Fläche bis zur Uferböschung hin, auf der eine Wiese mit Obstbäumen angelegt werden sollte sowie ein Garten zum Anbau von Gemüse aller Art zur Versorgung seiner Familie.
Maria Wieting, die jüngere Tochter Erika auf dem Arm, war den beiden indessen schon vorausgeeilt und hatte für sich längst entschieden, wo der vorteilhafteste Stand für die Obstbäume und Beerensträucher, wo aber das Gemüse im nächsten Frühjahr eingesät werden sollte. Sie würde Lüder auch bitten, einige Linden zu pflanzen und konnte sich schon jetzt ausmalen, wie sie später, wenn die Bäume eine stattliche Größe erreicht hätten, an heißen Sommertagen in ihrem Schatten Kühlung finden würden sowie Erholung nach des Tages Arbeit an lauen Abenden, wenn der Wind von der Weser her auffrischte und angenehm kühl bis hinauf zur Anhöhe strich.
Es würde ihre Aufgabe sein, für die Ordnung in Haus und Garten zu sorgen. Der Gedanke daran erfüllte sie schon jetzt mit Stolz und Freude, denn bis jetzt hatten sie keinen eigenen Hausstand gehabt, sondern gemeinsam mit der Familie ihres Bruders bei der verwitweten Mutter in Fähr gewohnt. Zwar verstanden sich alle recht gut, denn die Schwägerin Beta war Lüders Schwester und vordem ihre beste Jugendfreundin gewesen, aber das bisherige Leben stand in keinem Vergleich zu den Vorteilen, die sie durch den Umzug in das eigenes Haus erwerben würden.
Maria Wieting ließ den Blick noch einmal hinunter schweifen zum Wasser, über den Weserstrom und weit hinüber ins Oldenburger Land, wo man an einem so klaren Spätsommertag wie diesem hinter den endlosen Weiden die waldigen Anhöhen von Schierbrook und Bockholzberg erkennen und ganz in der Ferne sogar die Kirchtürme von Delmenhorst und Oldenburg erahnen konnte.
Wie froh und dankbar war sie doch, dass der Herrgott es bisher so gut gemeint hatte mit Lüder und ihr und dass er ihr auch nach

der letzten verunglückten Seereise wiedergegeben worden war. Die gleichen Gedanken bewegten Lüder Wieting: Sicher, Schiff und Ladung waren in die Hände des Franzosen gefallen und der finanzielle Schaden für ihn selbst, seine Auftraggeber und die Schiffseigner war groß. Doch Lustelot hatte unrechtmäßig gehandelt. Das hatte auch die eingeschaltete Diplomatie bestätigt. Und, da die Verhandlungen gut vorankamen, war er sich sicher, dass alle den Schaden ersetzt bekommen würden und er spätestens im nächsten Frühjahr mit einem anderen Schiff wieder den Atlantik überqueren könnte. Was am besten zu tun oder zu lassen sei und wie die Dinge sich in Zukunft entwickeln würden, konnte in diesen unsicheren Zeiten ohnehin keiner voraussagen. Noch war er mit seinen vierzig Lebensjahren im besten Mannesalter. Solange es seine Gesundheit zuließ, würde er sich weiter mit dem beschäftigen, was er am besten konnte, nämlich Schiffe über die Weltmeere zu manövrieren. Eines schönen Tages aber würde er genug Kapital zusammengespart haben, um in der Heimat bleiben zu können. Vielleicht würde er dann noch ein Geschäft eröffnen und danach als Rentier mit Maria den erworbenen Wohlstand genießen. Für seine Töchter würde eine gute Mitgift vorhanden sein, wobei es war für Lüder selbstverständlich war, dass ihre Wahl bei der Eheschließung nur auf tüchtige, möglichst vermögende Männer fallen würde, die ihm als Schwiegersöhne genehm sein würden.
Sicher, lange hatte er sich einen Sohn gewünscht und besonders nach der Geburt der zweiten Tochter Enttäuschung gezeigt. Doch nach all den Erfahrungen, den Entbehrungen und Prüfungen auf See war er doch froh, dass er diese beiden Töchter hatte, denen ein solch hartes Schicksal, wie es jedem Mann bevorstand, erspart bleiben würde.
Seine beiden Töchter, sein ganzer Stolz; die kleine, zarte Gesina Erika, die gerade das Laufen erlernt hatte, und sein Sonnenschein, die immer frohe aufgeweckte Margarethe, er liebte sie alle beide von Herzen! Doch ertappte sich der Kapitän immer wieder dabei, wie seine Gedanken und Planungen für die Zukunft sich um die erstgeborene Margarethe drehten. Nicht nur,

dass sie ein ausgesprochen hübsches Kind war, was ihm sowohl Freunde als auch Außenstehende immer wieder versicherten, nein, es war ihre forsche, unerschrockene Art, mit der sie sich allen Dingen und Menschen näherte, die ihn immer wieder in Erstaunen setzte: Die Neugierde und Wissbegier, mit der Margarethe sich ihre Umwelt zu erobern begann, die kluge Art, erste Fragen zu stellen, die Ernsthaftigkeit beim Zuhören und Erfassen des Gehörten bestärkten ihn in seiner Überzeugung, dass dieses Kind einzigartig sei und einmal einen ganz besonderen Werdegang nehmen würde. So nahm er sich vor, Margarethe so gut zu erziehen und zu fördern, wie es für ein Mädchen überhaupt nur möglich war.
Mit sich und der Welt zufrieden, verließen Lüder und Maria Wieting an diesem denkwürdigen Tag ihr Grundstück in der Weserstraße zu Vegesack und traten den Heimweg nach Fähr an. Die kleine Erika, von der Anstrengung dieser Exkursion sichtlich ermüdet, wollte ihre neu erworbenen Fähigkeiten dennoch unter Beweis stellen und versuchte an der Hand der Eltern tapfer eine kleine Strecke des Weges selbst zu gehen. Margarethe indessen, wie sollte es anders sein, hüpfte in angemessenem Abstand lachend und singend vor ihnen her. Spontan wechselte sie dabei von einer Straßenseite zur anderen, je nachdem, was da Interessantes am Wegesrand zu entdecken war und ihre Aufmerksamkeit auf sich zog.

So froh und unbeschwert wie dieser Tag verlief die Kindheit von Margarethe Wieting weiterhin in den folgenden Jahren. Nach dem baldigen Umzug zum hohen Weserufer eroberte sie sich die Umgebung hier zunehmend selbständig und nahm sie von Tag zu Tag mehr in Besitz.
Längst war Lüder Wieting mit seinem neuen Schiff Columbus wieder in See gestochen und hatte die Verantwortung für das Wohlergehen von Haus und Kindern in die Hände seiner Frau gelegt. Maria Wieting umsorgte die ihren liebevoll und vermittelte den Töchtern die Werte, die auch für sie von größter Bedeutung waren. Sie bestärkte die Mädchen in ihrem Stolz und

ihren Fähigkeiten. Sie lehrte sie ihren Heimatort mit dem Hafen und den dicht besiedelten Straßen von Alt-Vegesack genauso zu lieben wie das hohe Ufer an der Weserstraße mit den noch weithin unbesiedelten Sandflächen von Neu-Vegesack, in denen nur das Haus des Dr. Roth und seine neu angelegten Gärten zur Weserseite hin dem Auge einen angenehmen Kontrast zur sonstigen öden, weiten Heidelandschaft auf der Anhöhe boten.
Da Vegesack noch keine eigene Kirche besaß, fuhren sie an hohen Feiertagen mit der Pferdekutsche nach Blumenthal und erbaten dort den Segen Gottes für sich, den Vater und den geliebten Heimatort.
Nur einmal geschah ein Naturereignis, es war im Jahr nach dem Umzug zur Weserstraße, das das Leben der Wietings und manch anderer Vegesacker Familien erschütterte und die Bewohner des Fleckens noch über Jahre hinaus mit Furcht erfüllte:
Selten waren die späten Herbststürme so heftig gewesen und hatten nicht enden wollende Wassermassen in die Weser gedrängt. Mit Bangen wurden die Stunden der Flut erwartet, die dann so hoch ausfiel, wie es seit Menschengedenken nicht erlebt worden war. Drohend und wütend schlugen die Wellen des Flusses mit zunehmender Gewalt an die Ufer. Der Sturm, vom Meer her kommend, wurde heftiger und heftiger. In zornigen Böen fegte er den Hang hinauf, wobei sein Heulen und Tosen, sein beharrliches Zerren an Dächern und Fensterläden bei den Menschen Angst und Schrecken auslöste. Obwohl erst früher Nachmittag, war der Himmel doch nachtschwarz, düster und Wolken verhangen.
Wie so oft, weilte Lüder Wieting nicht in der Heimat. Allein in dieser Stunde, innerlich voll böser Ahnung, versuchte Maria Wieting ihre Unruhe vor den Kindern zu verbergen. Sie hatten sich in der Stube zum Gebet versammelt, um Gottes Schutz zu erbitten für sie, die Daheimgebliebenen, und für ihn, den sie dort draußen auf dem Meer wussten, wo die herbstlichen Stürme nicht minder tobten und Lüder Wieting auf seiner Columbus vielleicht sogar zeitgleich um sein Überleben kämpfte.

Gegen Morgen hatte der Sturm sich wider Erwarten gelegt, war dem entfesselten Tosen eine beängstigende Stille gewichen, die nichts Gutes verhieß. Neben den Schäden an den Häusern und Katen waren die Unwetter besonders für die Grundstücke, die am hohen Ufer lagen, folgenschwer: Gierig hatte der Fluss zugelangt, den Boden unterspült, eine Unmenge an Sand aufgesogen und mit der einsetzenden Ebbe fort getragen. Der Steilhang hatte seinen Halt verloren! Nicht enden wollende Erdmassen waren in die Tiefe gestürzt mitsamt aller Bäume und Bepflanzungen. Anderes Erdreich rutschte im Laufe des folgenden Tages nach und nahm noch mehr von dem kostbaren Gartenland mit sich. Bei dem Wietingschen Besitz war es etwa ein Drittel des Grundstücks, das auf diese Weise verloren gegangen war.
Margarethe war es seitdem strengstens verboten worden, den zur Weser liegenden Teil des Gartens allein zu betreten. Ganz kurz hinter der Rosenlaube, dem Lieblingsplatz von Maria Wieting, öffnete sich eine tiefe schwarz-braune Schlucht hinter einer scharfen Abbruchkante, an der es dem Mädchen mächtig gruselte, wenn es an der Hand der Mutter einmal hinunterschauen durfte. In das große Staunen über das Geschehene mischte sich bei Margarethe ein Gefühl von Angst und ehrfürchtigem Respekt vor den Naturgewalten, die solches vollbracht hatten und ein gewisser Zweifel an der Gerechtigkeit Gottes, zu dem sie an jenem denkwürdigen Tag doch so inständig um Schutz gebetet hatten, den dieser ihnen aber nicht hatte geben können oder gar wollen.
Doch ein anderes Unglück hatte er von ihnen fern gehalten. Wie ein Wunder erschien es, dass Lüder Wieting den Schiffbruch seiner Columbus überlebt hatte und gerettet worden war. Ihr Glaube an einen gerechten Gott war wieder hergestellt. Margarethe wusste sich gut aufgehoben in ihrer Welt innerhalb der Grenzen von Vegesack, wo ihr alles so lieb und vertraut war.
Die Menschen in diesem Ort, weniger als 200 Familien, sie kannten sich alle recht gut und waren geeint durch ein Schicksal, das bestimmt war von dem Hafen, von den hannoverschen und englischen Landesfürsten, die sie aus ihren weit entfernt lie-

genden Schlössern regierten und von den noch ferneren Meeren und Erdteilen, deren fremdartige Produkte ihnen täglich mit den Schiffen in den Hafen gebracht wurden.
Sie hießen Haeslop und Hohnhorst, Wieting und Warkmester, Deetjen, Köper und Brinkama, Rüter und Rowehl, Raschen, Steinbrügge, Stümcke oder Tölken: Durch Liebe und Heirat eng verbunden, waren die verwandtschaftlichen Verbindungen zwischen ihnen vielfältig. So wurde Freud und Leid miteinander geteilt und der eine nahm Anteil am Schicksal der anderen: Es wurde gemeinsam Abschied genommen, wenn die Schiffe hinaus fuhren aufs feindliche Meer und gemeinsam gefeiert bei der Wiederkehr.
Da war es kein Wunder, dass auch die Kinder von diesen fest gefügten Familienbanden profitierten und als verschworene Gemeinschaft ihren Flecken Vegesack, den sie bis ins letzte Eckchen kannten, wie einen großen Abenteuerspielplatz täglich neu in Besitz nahmen.

Margarethe, oder Metta, wie sie von allen kurzerhand genannt wurde, war dabei in der Wietingschen Verwandtschaft eines der ältesten Kinder. Sie trug die Verantwortung für sich und die Jüngeren. Besonders dann, wenn sich die Kinder nicht so verhalten hatten, wie es von ihnen erwartet wurde, musste Metta für alle den Tadel einstecken. Aber das störte sie nicht, wenn sie nur recht viele Spielpartner um sich scharen und den Ton beim Spielen angeben konnte. Mit Spannung und Freude verfolgte sie daher, wie abwechselnd bei den Onkeln Arend und Cord, den Tanten Beta und Margarethe sowie bei Brinkamas in der Mühle sich weiterer Nachwuchs einstellte und die Schar ihrer möglichen Spielgefährten sich beständig vergrößerte.
Was gab es für die Kinder nicht alles zu sehen und gemeinsam zu erleben in ihrem Heimatort! Wie ein Lauffeuer verbreitete sich unter ihnen die Nachricht, wenn im Hafen etwas los war; wenn ein besonders großes Schiff es doch geschafft hatte, den Sandbänken auszuweichen und bis hinauf nach Vegesack zu kommen. Wie durch ein unsichtbares Kommando stürzten sie

fast gleichzeitig aus ihren Elternhäusern, liefen von der einen Seite vom hohen Ufer aus Neu-Vegesack, aus der Langen- und Breitestraße kommend die Buchtstraße hinunter, an Jantzens Werft vorbei, wobei sie verbotenerweise die Abkürzung durch den Garten des Hafenmeisters Tölken nahmen, um noch vor denen am Hafen zu sein, die in Alt-Vegesack wohnten und entweder von Brinkamas Mühle am Blumenthaler Heerweg, aus der Bremer-, oder der Grünenstraße kamen. Wie der Blitz flitzten sie durch die Hafenstraße zur Kaje hin und schafften es manches Mal noch dort zu sein, bevor das angekommene Schiff fest vertäut war. Wie groß war ihr Staunen ob der vielen exotischen Kolonialwaren, die aus den Schiffsbäuchen entweder gleich in die Packhäuser an der Hafenstraße transportiert oder aber in die bereit liegenden Weserkähne umgeladen wurden. Da kamen Mahagoni und andere Edelhölzer aus Afrika, Baumwolle aus Brasilien, Kaffee, Tabak, Zucker und Tee. Es roch verführerisch nach fremdartigen Gewürzen wie Curcuma, Muskat und Ingwer. Immer näher trieb ihre Neugierde die Kinder an die Schiffe heran, so dass sie die Löscharbeiten nicht selten behinderten und von den Aufsicht führenden Arbeitern oft unwirsch zurückgedrängt oder gar vertrieben werden mussten.
Nicht weniger interessant war es im Herbst den Torfbauern zuzusehen, die mit ihren schwer beladenen Kähnen von den Gräben des Teufelsmoores, von Hamme und Wümme her die Lesum heruntergefahren kamen. Steinkohle war ja noch eine Kostbarkeit in jenen Tagen. Torf das einzig bezahlbare Brennmaterial für die Haushaltungen und Werkstätten. Kein Wunder also, dass die Torfkähne, deren dunkle Segel schon von weitem zu erkennen waren, von jedermann sehnsüchtig erwartet wurden und zum täglichen Erscheinungsbild im Hafen gehörten. Meistens waren die Bauern allein auf ihren Halb-Huntschiffen, auf denen jeder Winkel mit den kostbaren Soden ausgefüllt war, so dass ihnen auf dieser mehrtägigen Fahrt selber kaum ein Plätzchen zum Schlafen blieb. Die Schiffer der größeren Ein-Hunt-Schiffe hatten dann und wann einen jugendlichen Gehilfen dabei zur Unterstützung beim Umladen des Torfes auf die

im Hafen bereitstehenden Pferdewagen. Dabei wagten die Moorjungen kaum den Blick zu heben und die Vegesacker Kinder anzusehen. Schüchtern und ungelenk verrichteten sie ihre schwere Arbeit, wobei sie unter den beobachtenden Blicken der Zuschauenden heftig erröteten.
Kontrastreicher konnte der Anblick nicht sein, den die selbstbewussten Vegesacker Kaufmanns- und Kapitänskinder boten und andererseits die Sprösslinge von „Jan vom Moor", wie jedweder Moorbauer von den Städtern genannt wurde. In ihrer abgewetzten Kleidung, den geflickten Hosen boten sie ein erbärmliches Bild. In den mageren, blassen Gesichtern spiegelte sich das harte, entbehrungsreiche Leben der Moorbauern wider. Zu der Genugtuung, etwas Besseres zu sein und ein angenehmeres Leben zu führen, gesellte sich bei den jungen Vegesackern dann doch häufig das Gefühl der Scham und des Mitleids. Nicht selten schoben sie den Kindern aus dem Moor verstohlen eine Leckerei zu, ein Stück Klaben oder Zucker, auf deren Genuss sie selbst verzichteten, oder sie trennten sich sogar von einer Kostbarkeit aus ihrem Besitz, wie einem Schnitzmesser oder einer Glaskugel, die sie ihnen wortlos hinüber schoben. Ebenfalls wortlos, nur mit einem scheuen Lächeln, dankten es ihnen die Jungen aus dem Moor.
Nachdenklich machten die jungen Vegesacker diese Erfahrungen und dankbar für das behütete Schicksal, das ihnen geschenkt worden war. Und so genossen sie auch die Wartezeiten, wenn sich im Hafen wenig abspielte, mit Ballspielen, Tauschlagen und Kreiseldrehen, mit Fang- und Versteckspielen an ihrem Lieblingsplatz hinter den großen Speichern in der Hafenstraße. Hier war es windgeschützt und die Strahlen der Mittagssonne fielen selbst im März schon so günstig aufs Mauerwerk, dass sie sich daran die kalten, klammen Finger wärmen konnten.
Ein Festtag aber war es, wenn es ihnen gelang, Tjarks Vater zu überlisten und sich unbemerkt ins Mühlenhaus zu schleichen, um hier Fangen und Verstecken zu spielen. Wie huschten und schlichen die kleinen Schelme dann von Stockwerk zu Stockwerk, von Rund zu Rund, vorsichtig und lautlos, um vom Mül-

ler nur nicht bemerkt zu werden und um schließlich, nach ausgiebigem Spiel, vor lauter Erschöpfung auf die Säcke mit dem noch ungemahlenen Korn zu fallen. Beglückt und selbstzufrieden beobachteten sie von dort die Mühlenflügel, die sich unentwegt, emsig und ohne Pause, vor den Wolkentürmen drehten. Diese zeigten sich luftig, zart und weiß am Sommerhimmel. Dagegen zogen ihre aufgeplusterten Formen in bedrohlichem Grau und Schwarz in eiligem Tempo vorüber, wenn der Herbst kam und die Wetter unbeständiger wurden.

Doch wie es die Zeiten fürs Spiel gab, so gab es die Zeiten fürs Lernen. Margarethe hatte sich weiterhin zu einem wissbegieriges Kind entwickelt, das mit Freude in die Schule ging. Problematisch war nur, dass die einzige Schule in Vegesack eine lutherische war. So sahen sich die reformierten Eltern genötigt, selbst für die „richtige“ Glaubenserziehung ihrer Kinder zu sorgen, indem sie von sich aus und auf eigene Kosten den jungen reformierten Lehrer Schnitger einstellten, der vordem in der St. Pauli-Gemeinde tätig gewesen war.

Wie alle Kinder, kümmerte sich Margarethe wenig um den Streit, den die reformierten und lutherischen Eltern aus Alt- und Neu-Vegesack gegeneinander sowie gegen die Landesregierung um die zusätzlichen Schulabgaben führten. Sie war zufrieden, wenn sie jeden vorgelegten Text aus dem Katechismus in reinlicher Schrift abschreiben und flüssig vorlesen konnte sowie für jede gestellte Rechenaufgabe die richtige Lösung fand, denn das Lob ihrer Lehrer war ihr wichtig.

Auch als es mit zunehmendem Alter darum ging, die für ein Mädchen damals so wichtigen Fertigkeiten des Nähens, Stickens und Strickens zu erlernen, widmete sie sich dem Erwerb dieser Fähigkeiten mit Fleiß und Ausdauer. Sicher, manchmal beneidete sie die Jungen, die Söhne des Kaufmanns Steinbrügge und des Apothekers Stümcke, die in Bremen am „Gymnasium illustre“ unterrichtet wurden und bei ihren Besuchen daheim vor den anderen Kindern mit ihren Latein- und Französischkenntnissen prahlten. Doch Margarethe wusste, dass sie nun einmal ein Mädchen war und als ein solches einen ganz anderen Werde-

gang nehmen würde als ein Junge. Und sie akzeptierte das, wollte sie doch nur eine genauso tüchtige Hausfrau und Köchin werden, wie ihre liebe Mutter es ihr daheim vorlebte.
Sie begann davon zu träumen und sich auszumalen, wie es sein würde, wenn sie erwachsen sein und einen Mann sowie eigene Kinder haben würde. So richtig konnte sie es sich nicht vorstellen, nur eines war sicher: Sie würde weiterhin in ihrem geliebten Vegesack wohnen, hier in ihrem Elternhaus in der Weserstraße und nirgends sonst. Ihr bevorzugter Ort zum Träumen wurde die Gartenbank vor dem Steilhang, wo sie stundenlang ausharren und gedankenverloren über Land und Strom schauen konnte, solange, bis sie jemand aus dem Haus rief und in die Gegenwart zurückholte.
Mit Vorliebe nahm Margarethe in dieser Zeit den Weg die Weserstraße hinauf zu den benachbarten Gärten des Doktor Roth, die mit ihrer Pflanzenvielfalt mehr denn je einen unbeschreiblichen Reiz auf sie ausübten. Die schöne Frau des Doktors lächelte ihr dort freundlich zu und lud sie ein, auch die Gewächshäuser zu betreten, in denen der Doktor seine schönsten und seltensten Pflanzen in mehr als tausend Blumentöpfen zog, die gierig das Wasser aufsogen, das er für sie täglich eigenhändig aus dem Fluss schöpfte und mit liebevoller Mühe eimerweise den Hang hinauftrug. Zärtlich und in sich versunken strich Madame Roth dem Kind übers Haar und ermunterte es, sich mit Muße jede Pflanze anzusehen, und Doktor Roth selbst, wenn er denn Zeit hatte, ließ es sich nicht nehmen, Margarethe die einzelnen Arten und ihre jeweils besondere Pflege zu erklären und dem wissbegierigen Mädchen darüber hinaus so manche seiner Fragen zu beantworten. Wie sehr genoss dieses die Stunden inmitten der vielen Blüten, der üppigen aber auch der zarten und unscheinbaren, von denen einige einen so lieblichen, ja fremdartigen Duft ausströmten. Wie beneidete Margarethe die Frau Doktor, der dieser Hochgenuss immer zur Verfügung stand. Sie wusste noch nichts von dem Kummer der Philipine Roth und des berühmten Botanikers. Trotz ihrer Schönheit, trotz seiner Klugheit und Gelehrsamkeit war ihr innigster Wunsch nach einem eigenen Kind unerfüllt ge-

blieben. Und als die Frau schwer erkrankte an der Schwindsucht, reichte auch die hohe Kunst dieses gelehrten Arztes, dem doch so mancher Vegesacker sein Leben verdankte, nicht aus, um sie zu heilen und ihr Leben zu retten.
Trauer herrschte am hohen Weserufer an jenem Tag im Oktober, an dem die späte Herbstsonne noch milde die Gärten durchflutete. Doch die hatten einen Teil ihrer sonstigen Schönheit schon verloren, denn die aufreizende Blütenpracht der exotischen Pflanzen war mit Ende des Sommers dahin gewelkt, war vergangen, wie jetzt das Leben der schönen Frau Doktor. Nur die letzten Chrysanthemen und späten Dahlien blühten noch üppig und stellten eitel ihre herbe Pracht zur Schau ohne auf den Schmerz des Doktors und auch auf Margarethes kindliche Trauer Rücksicht zu nehmen.
Wie heiter und froh dagegen verlief das Leben in der Mühle, wo sich im Frühjahr durch die Geburt eines weiteren Geschwisterchens die Riege der Brinkama Kinder erneut vergrößert hatte. Engel hatten die Eltern das kleine Mädchen genannt, das auch wirklich so aussah und seine prallen rosa Ärmchen Margarethe entgegenstreckte, wenn sie bei Besuchen in die Wiege schaute und durch ein sachtes Hin- und Herschaukeln des Bettchens den kleinen Engel regelmäßig zum Lächeln und Jauchzen brachte.
Auch in der Buchtstraße wurde um die Weihnachtszeit in den Familien der Onkel Arend und Cord fast um die gleiche Zeit Nachwuchs erwartet: Dabei bewies der kleine Arend, der den Namen des Vaters tragen sollte, durch seine vorzeitige Geburt in der Mitte des Monats, wie flink und gewitzt er auch später im Leben werden sollte, wo hingegen die zarte Beta Lucia etwas länger auf sich warten ließ. Noch lag alles im Dunklen, als sie endlich früh am ersten Weihnachtstag geboren wurde. Für ihre Eltern Ilsabetha und Cord Wieting wurde sie so zum schönsten und kostbarsten aller Weihnachtsgeschenke.

Margarethes frohe Kindheit in Vegesack wurde durch die Pläne von Lüder Wieting dann jäh unterbrochen, durch seine Absicht, mit der Familie nach Bremen ziehen zu wollen.

Sie erfuhr es ausgerechnet an jenem Wochentag im Frühjahr des Jahres 1803, als ihr Herz mit Stolz erfüllt war über eine besondere Ehre, die ihr zuteil werden sollte. Unter allen Schülerinnen war sie ausgewählt worden, um bei der Huldigungsfeier aus Anlass der Übergabe Vegesacks an Bremen eine besondere Rolle zu spielen.

Schmerzhaft, wie der Schnitt mit einem scharfen Schwert, traf sie die Ankündigung des Vaters, als er ihr und der Schwester eröffnete, was die Mutter längst wusste. Schon hatte Lüder Wieting sich in der Faulenstraße einquartiert, um häufiger in Bremen bleiben zu können. Jetzt würde er sich dort nach einem Haus umsehen, das für sie alle genug Platz bot.

Lüder Wieting war Schiffsführer, war Kapitän. Um erfolgreich zu bleiben, musste er dort sein, wo die Geschäftsabschlüsse getätigt wurden. Und das war in den letzten Jahren immer mehr Bremens Schlachte geworden. Hier, in der Nähe der Schiffsliegeplätze, hatten sich angesehene Handelsfirmen niedergelassen, hatten einflussreiche Kaufleute ihre Kontore eröffnet. Der Bau ihrer prunkartigen Bürgerhäuser bezeugte ihren erworbenen Wohlstand. Wer also teilnehmen wollte an dieser Entwicklung, den zog es ebenfalls dorthin, ins Zentrum des Geschehens, wie eben jetzt auch Lüder Wieting.

Mit Genugtuung hatten die Vegesacker wahrgenommen, dass auch ihr Flecken endlich wieder bremisch werden sollte im Tausch mit einigen anderen Landstrichen, die dann dem Herzogtum Hannover zufallen würden. Doch allzu lange schon dauerte der Streit um unbedeutende Details zwischen dem Herzogtum und der Hansestadt. Wer wusste schon zu sagen, wie sich die Dinge in diesen unsicheren politischen Zeiten noch entwickeln würden? Gerade zu diesem Zeitpunkt war Bremen erneut in Auseinandersetzungen hineingezogen worden, die durch die Kriegserklärung Englands an Frankreich entstanden waren. Napoleon hatte seine Truppen zur Besetzung des englischen Hannovers bereits ausgeschickt. Und diese waren dabei, nicht nur das hannoversche Vegesack zu überschwemmen, sondern auch schon das neutrale Bremen.

Sollte es aber doch zur Übergabe Vegesacks an Bremen kommen, so hatte Lüder Wieting kalkuliert, könnte er sein Haus und das Nebenhaus an der Weserstraße allemal gut an die vielen Seeleute und Kapitäne vermieten, die dann hier ihren Wohnsitz nehmen würden, um unter bremischer Flagge fahren zu können. Lüder Wieting war gewohnt, das Heft des Handelns in die Hand zu nehmen, auch unter Einbeziehung von Risiken neue Wege zu gehen und Ungewohntes auszuprobieren; und so musste er auch jetzt das tun, was er für das Richtige erkannt hatte.
Von einer Sekunde auf die andere verstand Metta, was dieser Entschluss des Vaters für sie alle bedeuten würde: Weg von Vegesack, weg vom hohen Ufer, den Gespielen der Kindheit, dem Hafen und der Mühle mit der kleinen Engel, die sie gerade so lieb gewonnen hatte hin in eine ihr fremde Welt. Die Stadt machte ihr Angst, hatte sie doch die Menschen dort bei kurzen Aufenthalten als allzu geschäftig, wenig freundlich und gesprächig, dafür aber als unnahbar und stolz erlebt. Nicht eines Blickes würde man sie würdigen, nicht ihren Gruß erwidern. Wer würde mit ihr spielen, sie zur Freundin haben wollen? Es gab keine Verwandten und keine bekannten Nachbarn in der Stadt. Margarethe spürte, dass es dieser Umstand war, der auch ihrer Mutter Unbehagen und Schrecken bereitete. Eifersüchtig dachte sie auch daran, wer jetzt wohl ihre Rolle bei der Huldigungsfeier übernehmen würde. Vielleicht würde es Gesine Fehnemann sein oder deren Zwillingsschwester Beta? Obwohl diese ihre beste Freundin war, gönnte sie ihr diesen Triumph dann doch nicht! Hätte Margarethe zu diesem Zeitpunkt gewusst, dass sich die ersehnten Feierlichkeiten noch um weitere Jahre hinausschieben würden, vielleicht wäre ihr Kummer dann nicht so groß gewesen.

Lüder Wieting benötigte weniger als ein Jahr, um seine Pläne zu verwirklichen. So konnte die Familie im Sommer des Jahres 1804 in der Langenstraße, nicht weit vom Anlegeplatz der Schiffe an der Schlachte und dem Sitz bedeutender Handelsfirmen in ein Haus einziehen, das an Größe und Ausstattung

schon erkennen ließ, dass es sich bei seinem Besitzer um einen befähigten Mann handelte, mit dem man ruhigen Gewissens seine Geschäfte abwickeln konnte.
Als von der Weserstraße endgültig Abschied genommen werden sollte, durchschritt der Kapitän mit Frau und den beiden Töchtern noch einmal das Anwesen am hohen Ufer und warf einen letzten Blick hinunter zur Weser und hinüber ins weite Land. Nie hatte er darüber gesprochen und sich vor den Seinen anmerken lassen, wie sehr er an diesem Flecken Erde hing. Jetzt überkam ihn die Rührung und er versprach Frau und Kindern mit tränenerstickter Stimme, dass sie alle einmal wieder hierher zurückkehren würden, wenn sich die Dinge so entwickeln würden, wie er es vorgesehen und geplant hatte.
Erst Jahre später verstand Margarethe die damals so ernstlich an sie und Erika gerichteten Worte des Vaters, dass sie sich um der Liebe Christi willen immer vertragen sollten, besonders dann, wenn er einmal das Zeitliche segnen und es um das Erbe dieses ihm so teuer am Herzen liegenden Besitzes an der Weserstraße gehen sollte. Hoch und heilig mussten die Mädchen ihm versprechen, dass sie Einigkeit üben und den von ihm so geliebten Boden am hohen Ufer immer achten und gemeinschaftlich pflegen und erhalten würden.

Die Stadt

Das Eingewöhnen in die Stadt war Margarethe dann doch leichter gefallen, als sie befürchtet hatte. Immer und überall war etwas zu sehen, zu beobachten und zu entdecken. Ob es das geschäftige Treiben der Händler war, die regelmäßig auf den Markt kamen, um die verschiedensten Waren anzubieten, ob es die Gaukler waren, die an Markttagen zum Ergötzen der Zuschauer ihre Späße vorführten, die Handwerker, denen man bei der Arbeit zuschauen konnte oder die Schiffe an der Schlachte, die dort gelöscht oder neu beladen wurden. Begierig sog Margarethe alle Eindrücke auf. Und ehe sie sich versah, war schon ein Jahr vergangen und sie fühlte sich an der Schlachte wie zu Hause.

Doch blieb der Besitz in der Weserstraße, das Elternhaus der frühen Kindheit, in dem man nach wie vor seine Ferien verbrachte, so dass der Faden zu den Orten und Menschen in der alten Heimat nie ganz abriss. Ein besonderes Erlebnis für sie alle aber war es, als endlich die Übergabe Vegesacks an Bremen gefeiert werden konnte an jenem herrlichen Spätsommertag im September des Jahres 1805! An allen Bremer Schulen fiel der Unterricht aus und man machte sich zu Tausenden per Pferd, Wagen und Schiff auf den Weg, um jenen Jubeltag mit den Vegesackern gemeinsam zu begehen.

Margarethe spürte, wie die bewundernden Blicke aller auf ihr ruhten, als sie an diesem Festtag in ihrem neuen zartblauen Kleid mit dem passenden Hut und den weißen Schärpen aus der Droschke stieg. An der Seite der Mutter und der jüngeren Schwester genoss sie zum ersten Mal das Gefühl, als richtige Städterin anerkannt und beneidet zu werden. Es machte ihr gar nichts mehr aus, dass Gesine Fehnemann dem Bremer Bürgermeister das mit Blumen geschmückte Seidenkissen übergeben durfte, auf dem als Beitrag der weiblichen Jugend Vegesacks zur Huldigungsfeier das Gedicht lag, das der Chor der zwölf auserwählten Mädchen in ihren weißen Kleidern jetzt gemeinsam vortrug. Obwohl längst Bremerin, konnte Margarethe in diesem Augenblick nicht widerstehen, das Gedicht aus den Reihen der Zuschauenden mitzusprechen. Es fiel ihr dabei nicht schwer, den Text, den sie vor mehr als zwei Jahren mit Eifer gelernt hatte, jetzt wortgetreu aufzusagen, ohne dabei auch nur einmal ins Stocken zu geraten, angefangen von der ersten Strophe bis zur letzten:

Beitrag der weiblichen Jugend Vegesacks

Welcher hohen Freude Morgenröthe,
Ach, zu groß für unsre Sprach und Rede,
Geht an diesem heutgen Tag uns auf!
Welche Zukunft lächelt unsern Blicken!
Bremens Bürgerwohl soll uns beglücken,
Und umkrönen unserer Tage lauf

*

In des Lebens erstem Rosenlenze
Stehen wir und winden freuden Kränze,
Daß uns so ein schöner Stern beginnt
Unaussprechlich viel ging uns verlohren
Unaussprechlich viel ist uns erkoren,
Da wir wieder Bremens Kinder sind.

*

Unterm Schutz der weisesten Regierung
Schwindet unsers künftgen Lebens führung
Wie ein heiterer Frühlings augen Blick.
Mag der Krieg dan seine Geißel schwingen,
Er wird nicht in unsere Mitte dringen
Nicht in Bremens freie Republik

*

Wahre Freiheit wohnt in ihren Grenzen,
Goldener Friede wird sie stets bekränzen,
Sie durch Blüthe mehr, den Anfang groß.
Die Gerechtigkeit wird regieren,
Handlung blühe, der Geist der Milde führen:
O!. beneidenswertes Lebens looß!

*

Ja so lange Gottes Sonne scheinet
Stehe Bremens Staat, und treu vereint
Wir mit ihm die er nimmt heute auf.
Dieses wünschen wir, wir kleinen Mädchen
Nehmet gütigst dieses kleine Blättchen
Als ein Denkmal unserer Freude auf![1]

Als es am nächsten Tag zurück nach Bremen ging, verursachte ihr das Abschiednehmen von Vegesack gar keinen Schmerz mehr. Im Gegenteil, stellte sich zu ihrer eigenen Verwunderung eine gewisse Leichtigkeit ein, je näher sie der Stadt kamen, und als die Türme von St. Stephanie und St. Ansgarii am Horizont auftauchten, begann ihr Herz vor Freude zu jubeln.
Als Anwohner der Langenstraße war sie jetzt im St. Ansgarii-Viertel zu Hause, wo viele angesehene Kaufleute und Handwerksmeister mit ihren Familien wohnten. Ehrgeiziges Streben bestimmte das Leben der Menschen in der Stadt, von denen viele aus dem Umland zugezogen waren, die einen, um hier ein menschenwürdigeres Leben führen zu können, die anderen, um gesellschaftlichen Aufstieg zu finden. Achtsam dagegen wachten die Alteingesessenen darüber, dass eine fest gefügte Rangordnung unter den Ständen erhalten blieb, die bis in alle Ewigkeit unverrückbar erschien.
Wie besorgt waren die Eltern aus den bürgerlichen Schichten um die Bildung ihrer Söhne und Töchter: In allen Kirchspielen gab es zahlreiche Elementarschulen, die Jungfrauen und Witwen in ihren Stuben eingerichtet hatten, um schon die Kleinsten ab dem vierten Lebensjahr im Zählen, Buchstabieren und Zitieren zu unterrichten. Im Ansgarii-Viertel hatten neben Frau Oltmans und Frau Langen, die Jungfern Potthas, Pükets und Balkens die Konzession erworben, um den Nachwuchs der bürgerlichen Familien für ein angemessenes Entgelt schulen zu dürfen. Doch auch wer wenig zahlen konnte, hatte ausreichend Gelegenheit, seine Kleinen von Frauen unterrichten zu lassen, die nie eine Konzession dafür besessen hatten, sich aber doch befähigt fühlten, die Kinder auf die öffentlichen Schulen vorzubereiten.
In diesen Schulen wiederum waren viele Missstände zu beklagen: Die Lehrer waren schlecht bezahlt und schlecht ausgebildet, wenig engagiert und oft nicht geeignet für ihr so wichtiges Amt. Wer zahlen konnte, schickte darum vornehmlich seine Söhne weiterhin zu Privatlehrern und hoffte darauf, dass der Rat der Stadt endlich zum Handeln kam, um das Schulwesen entscheidend zu verbessern.

Mehr noch sorgten sich die Regierenden jedoch darum, dass die Bürger der Stadt den rechten Glauben bewahrten, für den in Bremen seit den Tagen der Reformation der Kalvinismus angesehen wurde.
Diesem den Vorrang zu sichern, war bei dem vermehrten Zuzug von Lutheranern aber gar nicht so einfach: Allein durch politische Taktik, durch die Vergabe bestimmter Privilegien nur an die Reformierten und ihre Bevorzugung bei der Besetzung besserer Stellen und Staatsposten, gelang es dem Rat noch über eine gewisse Zeit, die Lutheraner zurückzudrängen. Mit ihrem wachsenden Anteil in der Bevölkerung jedoch erhoben sie ihre Forderungen nach Gleichbehandlung immer lauter und selbstbewusster. Obwohl sie inzwischen die Mehrheit in der Bevölkerung bildeten, stand den Lutheranern zur Ausübung ihres Glaubens nur ein Gotteshaus zur Verfügung, nämlich der Dom, während alle anderen Kirchen in der Stadt reformierte waren. Von den Predigern der rivalisierenden Glaubensrichtungen entfacht, entbrannte ein heftiger Kirchenstreit, in den die Bevölkerung schmerzvoll hineingerissen wurde.
Zwar wurde ab dem Jahre 1804 zuerst in der Ansgarii-Kirche, in der Folgezeit aber auch in den anderen Kirchen, jeweils auch ein lutherischer Pastor eingestellt, doch die Lutheraner vermuteten mit Recht hinter dieser Maßnahme die Absicht des Senates, die Domgemeinde zu schwächen und ihre Auflösung zu betreiben. Und so ließ dieser Schritt bei den Menschen auch keine friedliche Stimmung aufkommen. Die Glaubensstreitigkeiten verhärteten sich dermaßen, dass sie fast zu einer Spaltung des öffentlichen Lebens geführt hätten, wenn nicht eine Entwicklung eingetreten wäre, vor der sich die bisherigen Konflikte als bedeutungslos und nichtig erwiesen hätten, eine Entwicklung, die als bedrückendes Schicksal allen Bürgern drohte und die Freiheit der einst so stolzen Hansestadt Bremen für lange Zeit verhinderte:

Napoleonische Zeiten beginnen ...

Immer mehr wurde deutlich, dass Napoleon den europäischen Staaten seinen Stempel aufdrücken und sie einverleiben wollte in ein groß-französisches Reich mit der Stadt Paris als Mittelpunkt.
Immer ohnmächtiger wurden die bisherigen Mächte und, nachdem der österreichische Kaiser Franz 1806 seine Kaiserwürde niedergelegt hatte, nachdem die Preußen im Oktober bei Jena vernichtend geschlagen worden waren, konnte sich in Europa keiner mehr dem Willen dieses Imperators entgegenstellen. Die süddeutschen Staaten, zum Rheinbund zusammengeschlossen, empfahlen sich Napoleons Schutz und gaben somit jeden Widerstand auf.
Besonders die norddeutschen Küstenstaaten mit den Mündungen von Elbe, Weser und Ems bekamen jetzt seine Politik zu spüren. Im Gegenzug zur englischen Seeblockade verhängte Napoleon die Continentalsperre, um jeden Warenhandel mit England zu verhindern. Durch diese Maßnahme sollte England in die Knie gezwungen werden, sie traf aber den deutschen Kaufmann und schnitt ihn vom Austausch mit allen überseeischen Häfen ab.

Ab 1807 konnte während mehrerer Jahre kein Schiff mehr die bremischen Häfen verlassen. Die Liegeplätze an der Schlachte wie auch die im Vegesacker Hafen waren überfüllt von Schiffen, die ohne Auftrag, ohne Ladung nutzlos vor sich hindümpelten. Die Kapitäne und Schiffseigner, erst noch voller Hoffnung und Zuversicht, resignierten von Jahr zu Jahr mehr und fügten sich schließlich in ihr dumpfes Schicksal. Die Wesermündung war streng bewacht und es konnte keinem geraten werden, die Verbote zu missachten, da ein Zuwiderhandeln nicht selten mit dem Leben bezahlt werden musste. Schon glaubte man, dass die Seefahrt in Deutschland nie wieder möglich sein würde und die Bevölkerung sich für alle Zeiten von den Erzeugnissen der heimischen Äcker ernähren sowie sich im Handel auf die Produkte des eigenen Hinterlandes beschränken müsse.

Die einst so kühnen Zukunftspläne des Lüder Wieting, seine Zielvorstellungen von einem freiheitlichen Handel auf den Weltmeeren, waren zerplatzt wie Seifenblasen, zunichte gemacht durch eine politische Entwicklung, die er nie und nimmer hätte vorausahnen können.
Wie und wovon die Kapitäne und Kaufleute Bremens gelebt, wodurch sie ihre Existenz gesichert haben, wir wissen nur Ungenaues darüber. Musste nicht möglichst jede Spur, alles, was einen Verdacht erregen konnte, vermieden und verwischt werden, wollte man sich nicht der Gefahr aussetzen, von der feindlichen Besatzungsmacht wegen eines Vergehens überführt und bestraft zu werden? Und doch gab es auch in jener Zeit Gewinner und Verlierer. Manche Kaufleute wurden in den Konkurs getrieben, andere wurden reich durch den Handel mit Waren, die in diesen wirren Zeiten rar waren und oft gut und überteuert bezahlt wurden.
Vieles spricht dafür, dass es den Wietingschen Brüdern, diesem Dreigespann Arend, Lüder und Cord auch gelungen war, die französischen Gebote diskret zu umgehen und den Handel mit Gütern aus dem Auslande nach Bremen und umgekehrt kontinuierlich fortzusetzen. Von verbotenen Transporten über Land ist die Rede, vom Umschlag der Waren bei Varel auf flache Kähne, die die Wesersperre umschiffen konnten, erzählen die Gerüchte und vom Schmuggelhandel, wobei die Schmuggler, als Krabbenfischer getarnt, die Waren durchs Wattenmeer und weiter nach dem englischen Helgoland transportierten.
Das Los der einst so stolzen und freien Hansestadt Bremen unter der französischen Fremdherrschaft war schon schlimm und wurde täglich schlimmer, bis sie im Jahre 1810 die letzte Demütigung erfuhr durch die Einverleibung ins französische Kaiserreich und aufging in dem „Departement des bouches du Weser".
Der Rat der Stadt wurde abgesetzt und Bremen wurde französische Munizipalstadt mit dem französischen Präfekten d' Arberg an der Spitze. Dieser setzte neben diversen Munizipalräten Dr. Wichelhausen als Bürgermeister ein, der bisher Professor am „Gymnasium illustre" gewesen war. Nach französischen Vor-

gaben wurden Kommissionen gebildet, die dafür Sorge tragen mussten, dass die Übernahme französischer Gesetze und Verwaltungsreformen auch zügig vorangetrieben wurde.
Um Schlimmeres von der Stadt und ihrer Bevölkerung fern zu halten, stellten sich die bisherigen Senatoren und Ratsmitglieder für politische Ämter weiter zur Verfügung und versuchten, mit dem Präfekten diplomatisch, klug und besonnen zusammenzuarbeiten und nicht seinen Argwohn oder gar Zorn zu erregen.
Dennoch mussten von der Bevölkerung in den nächsten Jahren schmachvolle Demütigungen der verschiedensten Art hingenommen werden, immer wieder kostspielige Einquartierungen, Kontributionszahlungen, ja, selbst die Rekrutierung der besten Söhne der Stadt in das napoleonische Heer, um den Imperator auf seinem wahnwitzigen Feldzug ins tiefe Russland zu begleiten und, in ach so vielen Fällen, ihr junges Leben dort für ihn zu lassen.
Trost suchten die Bremer in Gebet und Frömmigkeit. Ihre Kirchengemeinden erwiesen sich als Orte des Rückzugs und stillen Protestes. Selbst die Pastoren, die sich anfänglich von der überragenden Persönlichkeit Napoleons hatten blenden lassen, gingen mehr und mehr auf Distanz. Zunehmend ließen ihre Gottesdienste und Predigten wohltuend alles Französische, das außerhalb der Kirchenmauern weitgehend das Leben bestimmte, vergessen. Insgeheim wurde aus den Kirchen manch patriotisches Gebet um Befreiung der Vaterstadt gen Himmel geschickt.
Doch es war auch die Zeit, in der die Theologen, von den Ideen des Rationalismus und des Pietismus beeinflusst, die Sehnsucht nach Versöhnung und Vereinigung der verschiedenen protestantischen Glaubensrichtungen in die Gemeinden trugen. Und diese Bestrebungen wurden durch nichts so forciert, wie durch das Erleiden der französischen Fremdherrschaft.
Der Gedanke an eine unierte protestantische Kirche unter einem gemeinsamen Dach wurde geboren und von den Gläubigen in den verschiedenen Gemeinden lebhaft diskutiert und heftig herbeigesehnt. Auch für die Konfirmation ihrer ältesten Tochter wünschten sich die Wietings sowohl die kirchliche Union als auch das Ende der französischen Fremdherrschaft

herbei. Aber als Margarethe im Mai des Jahres 1812 in der St. Ansgarii-Kirche im Alter von neunzehn Jahren endlich konfirmiert wurde, hatten sich in dieser Hinsicht immer noch keine Veränderungen ergeben.

Und doch sank der Stern Napoleons allmählich, aber unaufhaltsam: Wie ein Lauffeuer verbreitete sich Ende desselben Jahres in der Stadt, dass der Despot in Russland erste Niederlagen hatte einstecken müssen und sein zerstreutes Heer sich auf dem Rückzug befände. Das freudige Munkeln und Flüstern unter der Bevölkerung konnte der französischen Geheimpolizei nicht lange verborgen bleiben. Ihr Auftrag war es jetzt, jede Art von Franzosenfeindlichkeit im Keim zu ersticken und aufs schärfste zu verfolgen.
Besonders in den vornehmen Zirkeln der Stadt, in denen sich die Intellektuellen und die Mitglieder der führenden Familien trafen, wurde viel diskutiert, mit der Folge, dass selbst so erlesene Clubs wie „Die Erholung", oder gar der in ganz Deutschland als vorbildliche Einrichtung zur Förderung der Kunst und Kultur bekannte Literaturclub „Das Museum" aus Angst vor Aufruhr von den Franzosen kurzerhand verboten wurden.
Die Situation in den besetzten Landen wurde von Monat zu Monat verworrener. Die feindlichen Heere wogten hin und her, siegten, flohen, formierten sich wieder neu, eroberten befreite Gebiete zurück und verübten Gräueltaten aller Art, so dass ein Ende des Schreckens nicht abzusehen war.

Unter den Verantwortlichen herrschte die Meinung vor, dass man die Franzosen auf gar keinen Fall reizen dürfe, wolle man Bremen vor einem ähnlichen Schicksal bewahren, wie es z.B. Hamburg widerfahren war. Hier hatte man die Befreiung mit Jubelfeiern begangen. Doch der Jubel währte nicht lange. Den Franzosen gelangt die Rückeroberung und sie rächten sich durch Plünderungen und brutale Zerstörungen in der Stadt.
Gewarnt durch dieses Beispiel, wollte man in Bremen andere Wege gehen: Der bevorstehende Geburtstag Napoleons, am 15.

August 1813, sollte mit einem großen Volksfest gefeiert werden. Das würde die Franzosen besänftigen und sie gegenüber Bremen wohlwollend stimmen.
In einem 5 Punkte-Dekret ordnete der Maire Wichelhausen die pompösen zweitägigen Feiern an, deren Abschluss und Höhepunkt mit einem Ball für alle Civil- und Militär-Autoritäten, für alle Funktionärs und ersten Einwohner der Stadt in der Börse begangen werden sollte.

Die Begegnung mit Friedrich

War es dieser Abend, an dem das Leben der Margarethe Wieting eine entscheidende Wende erfuhr, an dem sie Friedrich Lameyer nahe gekommen war und sich beide ineinander verliebt hatten? Es lässt sich nicht mehr genau belegen, aber erzählt wurde davon.
Für Margarethe war Friedrich kein Unbekannter. Damals, kurz nach dem Umzug aus Vegesack, waren sie sich als Kinder beim Spielen am Weserufer begegnet. Froh über jeden neuen Kontakt, hatte Margarethe ohne Scheu den wohl gleichaltrigen Jungen und seine um einige Jahre jüngere Schwester angesprochen, sich ihnen bekannt gemacht und sie in eine lebhafte Unterhaltung verwickelt. Um Friedrich zu imponieren, hatte sie ihm das Geschicklichkeitsspiel mit den flachen Kieselsteinen gezeigt, das ihr in Vegesack der um einige Jahre ältere Cousin Berend Bolland beigebracht und bei dem sie im Wettbewerb mit Cousin Nicolaus oft gar nicht so schlecht abgeschnitten hatte. Die Kunst lag darin, den Stein so knapp und geschickt übers Wasser zu werfen, dass er nicht nur zwei oder dreimal, nein sechs oder gar siebenmal hintereinander wieder auftauchte, um für Sekunden auf der glitzernden Oberfläche des Stromes zu tanzen, ehe er endgültig in der Tiefe versank.
Und wirklich fand Margarethes Geschick auch das Interesse der Geschwister, aber nur solange, wie das Kindermädchen der Familie mit dem dritten Lameyer Kind beschäftigt war, einem

kräftigen Säugling, der in seinem Kinderwagen aus Leibeskräften schrie, deshalb von dem Mädchen auf den Arm gehoben worden war und so über einen längeren Zeitraum seine völlige Aufmerksamkeit und Zuwendung in Anspruch nahm. Doch dann war der Spaß mit dem Tanz der Steine übers Wasser vorbei, denn das Fräulein unterband den kurzweiligen Zeitvertreib der Kinder zwar freundlich, aber sehr bestimmend und entführte Margarethe die gerade neu gewonnenen Freunde Friedrich und Anna Juliane unwiederbringlich.

Es blieb bei dieser zufälligen, einmaligen Begegnung, denn die Kinder des Ratsmitglieds und Ältermanns Lameyer waren ansonsten wohl behütet und umsorgt, waren kaum ohne Aufsicht beim Spielen anzutreffen. Es gab gewisse Konventionen und Regeln in der traditionsreichen Bremer Gesellschaft, gewisse Schranken unter den Ständen, die einzuhalten eine Selbstverständlichkeit war. Nur war man sich doch nicht ganz fremd geworden. Wollte es der Zufall, dass Margarethe den Lameyerschen Geschwistern in der Nähe ihres Hauses am Domshof begegnete, so wurde ihr Gruß besonders von Friedrich noch lange Zeit nach jener Begegnung immer freundlich erwidert, ja fast mit einem Anflug von Vertrautheit, die nur durch gemeinsam Erlebtes entsteht. Als sie aber ins Jugendalter kamen, ging diese Nähe verloren und Distanz bestimmte ihr Verhalten immer mehr.
Inzwischen war Margarethe eine junge Frau von fast 20 Jahren geworden. Sie war hübsch, hatte Ausstrahlung und Temperament und liebte Tanz und Unterhaltung wie alle lebensbejahenden Menschen ihres Alters. Wie sehr freute sie sich auf dieses Ereignis, auf den Ball in der Börse, zu dem sie sich in Begleitung der Eltern aufgemacht hatte.
Was war es für ein ungewöhnlich milder Sommerabend, so ganz ungewohnt in diesen Breiten. Ganz Bremen schien auf den Beinen zu sein. Ein Lärmen, Lachen und Singen drang von überall her. Selbst die honorigen Familien der Stadt, die Ratsmitglieder und Senatoren mit ihren Frauen, erwachsenen Söhnen und Töchtern, die man sonst selten zu solchen Anlässen in der Öf-

fentlichkeit traf, hatten sich an diesem Abend unter das Volk gemischt und sich in das bunte Treiben eingelassen.
Die ganze Stadt war herausgeputzt, alle Hausgiebel geschmückt und beflaggt mit der Trikolore und der bremischen Flagge. Musik erschallte von den Tanzplätzen, von denen mehrere an der Promenade errichtet worden waren. Das Lachen und die ausgelassene, fröhliche Stimmung der dicht gedrängten Menschenmassen, die die Promenaden bevölkerten, sprangen schnell auf Margarethe über. Junge Burschen bemühten sich, die dort aufgestellten Mastbäume zu erklimmen, um für ihre Herzliebsten einen der kostbaren Preise zu erhaschen, die als Gewinn für die schnellsten und tüchtigsten Kletterer in den bunt geschmückten Spitzen der Masten befestigt worden waren.
Doch der Höhepunkt des Abends stand Margarethe noch bevor: Im Ballsaal der Börse angekommen, begegnete ihnen Senator Lameyer in Begleitung seiner Frau und der beiden ältesten Söhne. Wider Erwarten begrüßte der Senator Lüder Wieting gut gelaunt und verwickelte ihn in ein längeres Gespräch, worauf dieser eigentlich nicht vorbereitet war.
Sicher, Johann Mathias Lameyer war den Wietings bekannt, nicht nur als Ältermann und Senator. Zwischen den Kapitänen und Kaufleuten in Bremen gab es viele Berührungspunkte: Lameyer bereederte mehrere Schiffe mit eigenen Anteilen, hatte durch den Bau seiner Schiffe einen engen Kontakt zu Raschens Werft in St. Magnus und zu Johann Lange in Vegesack und war neben dem Gründer, Friedrich Schröder, maßgeblich an der Entwicklung der ersten Assekuranz-Companie beteiligt, bei der die Kapitäne ihre Schiffe mitsamt der Ladung versicherten. Doch eine private Beziehung war durch diese Kontakte nicht herzuleiten.
War es dann die besondere Atmosphäre dieses Abends, dass es dazu gekommen war? War es die Erleichterung des Senators darüber, dass es dem Rat der Stadt durch diese gut organisierten Feiern gelungen war, den Argwohn der Franzosen zu zerstreuen oder war es als Zeichen des Dankes an den Kapitän für dessen engagierte Mitarbeit anzusehen? Um von den Franzosen

den Bau eines Entrepots für Getreide in Bremen einzufordern, hatte Lameyer sich nämlich vor Erarbeitung einer entsprechenden Vorlage mit der Kaufmannschaft und einigen Kapitänen ausführlich beraten.

Der Verlauf ihrer Unterhaltung jedenfalls wurde zum Erstaunen der Väter dadurch unterbrochen, dass sich Friedrich Lameyer unvermittelt bei Margarethe einen Tanz erbat und, das Einverständnis Lüder Wietings kaum abwartend, sie zur Tanzfläche führte. Friedrich Lameyer war es in diesem Augenblick gleichgültig, was die Eltern, die Verwandten, der ganze Zirkel der ersten Familien der Stadt dachte. Mit dem ganzen Liebreiz ihrer Jugend, ihrem schalkhaften Lächeln, in dem er die Vertrautheit ihrer früheren Begegnung wieder erkannte, hatte Margarethe sein Herz in kürzester Zeit auf unwiderstehliche Art zurückerobert. Sichtlich errötend begann Margarethe zögernd den Tanz und versuchte sich in den Rhythmus der Musik einzufühlen, was ihr von Takt zu Takt besser gelang. Je länger der Tanz währte, desto vertrauter schienen ihr die Melodien, wurde es ihr immer leichter und beschwingter zumute. Sie konnte sich fallen lassen in ein Kreisen und Drehen ohne Ende, denn Friedrich hielt sie fest in seinen Armen und entführte sie schwebend in eine Welt, in einen Zustand so angenehm und himmlisch, wie sie sich ihn vordem selbst in ihren schönsten Träumen nicht hätte vorstellen können. Ihre Blicke trafen sich wieder und immer wieder und für Margarethe war es so, als wären sie sich schon immer so nahe gewesen und als würden sie sich festhalten für hier und heute, für immer und in alle Ewigkeit.

Als der Tanz beendet war und sie sich trennten, dauerte es lange, ehe sich für Margarethe dieser Zustand des Schwebens verlor und sie wieder festen Boden unter sich zu spüren begann. Margarethe hatte den Arm des Vaters ergriffen, um hier den Halt zu finden, den sie aufgrund des eben Erlebten so unvorhersehbar plötzlich verloren hatte.

Lüder Wieting schien bestürzt und besorgt über den Zustand seiner Tochter. Er wusste, wenn sich Margarethe verliebt haben sollte, so könnte das eine unglückliche, unerfüllbare Liebe für

sie bedeuten, denn die Schranken, die an diesem besonderen Abend gefallen waren zwischen den Ständen, würden nicht endgültig aufgehoben sein in dieser so sehr auf Traditionen bedachten Hansestadt. So sehr es ihn als Vater ehrte, dass dem Senatorensohn seine Tochter, seine über alles geliebte Margarethe zu gefallen schien, so wollte er sie doch vor großem Kummer beschützen und bewahren. Nur Margarethe spürte, ja wusste seit dieser Begegnung, dass Friedrich Lameyer ihre Liebe erwiderte, dass sie sich auf ihn verlassen konnte und er alles daransetzen würde, um dieser Liebe zur Erfüllung zu verhelfen.
Und richtig, hatte der junge Friedrich jetzt einiges in seiner Familie auszustehen, der die Wirkung Margarethes auf ihn nicht verborgen geblieben war. Besonders der ältere Bruder Christian, der bereits auf dem Weg war, ein erfolgreicher Kaufmann zu werden und genau wusste, was er seinem Stand schuldig war, spottete ein wenig über Friedrichs Verliebtheit in die Kapitänstochter und äußerte sich ebenso skeptisch darüber wie seine bereits verheiratete Schwester Johanna Stägemann.
Für die Söhne und Töchter der ersten Familien der Stadt war es üblich, ihren zukünftigen Ehepartner innerhalb geschlossener Heiratskreise auszuwählen. Aus gutem Grund hatten die Väter in dieser patriarchalisch bestimmten Gesellschaft dafür gesorgt, dass die Statuten in ihrem vormaligen Herren-Club „Die Erholung“ in dem denkwürdigen Jahr 1804 dahingehend geändert worden waren, dass auch „der holden Weiblichkeit“ hier Einlass gewährt wurde.
Bei Tanz und amüsanter Unterhaltung war es seitdem für die Jugend ein Leichtes, sich kennen zu lernen, auszuloten, wer mit wem harmonierte und welche Verbindung neben der Herzenssache eine aussichtsreiche und Erfolg versprechende Zukunft garantierte. Wer nichts war und nichts besaß, wer keinen Namen und keinen Erfolg vorweisen konnte, hatte ohnehin keinen Zugang zu diesem erlesenen Club. Und so war das Risiko, bei den Tanzabenden in der „ Erholung“ auf den Falschen oder die Falsche zu treffen, gering gehalten.
Hier hatte Johanna Lameyer ihren Gatten, den Sohn des ver-

storbenen Kaufmanns Heinrich Stägemann kennen gelernt, und hier hatte sich Christian Jacob Lameyer der Tochter des Kaufmanns und dänischen Konsuls Arnold Kulenkamp genähert, mit der er sich in Kürze verloben würde. Damit entstand eine Verbindung, die von beiden Vätern gut geheißen und von ihren auf Tradition bedachten Familien besonders unterstützt wurde. Lüder Wieting, so sehr er um gesellschaftlichen Aufstieg bemüht war, hatte in all den Jahren nicht die Kriterien erfüllt, um in diese großbürgerlichen Kreise aufgenommen zu werden, und so war es fraglich, ob eine Verbindung von Friedrich Lameyer und Margarethe Wieting zustande kommen würde. Anders als die älteren Geschwister reagierte Friedrichs Lieblingsschwester Anna Juliana auf das aktuelle Ereignis, das vorrangiges Gesprächsthema in der Familie Lameyer geworden war. Mit ihren knapp 14 Jahren hatte sie bei dem Ball in der Börse noch nicht teilnehmen dürfen. Aber Friedrich vertraute ihr alles an, was ihn bewegte und somit war sie schon längst zur Mitwisserin seiner inniglichen Gefühle für Margarethe geworden. Was immer Friedrich tat oder dachte, es fand Annas uneingeschränkte Zustimmung und Bewunderung. Deshalb war er sich sicher, dass sie in Zukunft alles tun würde, um ihn zu unterstützen und bei den Eltern für ihn und Margarethe zu sprechen.

Der Senator

Doch Friedrichs Eltern, welchen Zwängen unterlagen sie; sie stammten aus angesehenen Bremer Familien, in denen neben Lameyer und Thorspecken so bekannte Namen wie Rouwe, Runge, Meyer, Mehne, Sander und Schröder zu finden waren, Kaufmannsgeschlechter, die sich überwiegend zu den ehemaligen Bergenfahrern zählten. Sie hatten sich über Generationen hinweg durch Heirat mehrfach miteinander verbunden, einerseits, um ihren lutherischen Glauben zu bewahren, vornehmlich aber auch, um den Wohlstand ihrer Familien und deren Einfluss in der Stadt zu sichern.

Daher waren die Vorbehalte und Zweifel, die der Senator gegen eine mögliche Verbindung Friedrichs mit der Tochter des Schiffsführers Wieting hegte, allzu berechtigt. Doch zeigte er im Grunde seines Herzens auch Verständnis für das Verhalten und die Partnerwahl des Sohnes, hatte ihn doch das eigene Schicksal gelehrt, dass nicht allein der gesellschaftliche Stand und das Vermögen Glück und Zufriedenheit garantieren. In großbürgerliche Verhältnisse war er hinein geboren worden, so dass ihm Mangel und wirtschaftliche Not ein Leben lang fremd geblieben waren. Doch musste er fast ohne Eltern aufwachsen, starb doch die Mutter kurz nach seiner Geburt, der Vater, als er gerade sechs Jahre alt geworden war.

Die begüterten Großeltern Rouwe, bei denen er aufwuchs, sorgten für seine Bildung. Später erlernte er in den Firmen der Verwandten den Beruf des Kaufmanns, wobei er die besten und erfolgreichsten Handelshäuser in Europa und Übersee kennen lernen durfte. Die jüngste Schwester seiner Mutter hatte den befähigten Bremer Friedrich Schröder geheiratet, der als einer der ersten Kaufleute in den überseeischen Tabakhandel eingestiegen war sowie die erste Assekuranz-Versicherung in Bremen gegründet hatte. Hier durfte der junge Johann Mathias schon früh verantwortlich mitarbeiten und sich bald als begabter Kaufmann profilieren.

Doch all diese Vorzüge konnten ihm die Liebe von Eltern und die Geborgenheit einer Kindheit im Elternhaus nicht ersetzen, ein Verlust, der ihn bis ins Erwachsenenalter hinein schmerzhaft begleitete. Umso größere Hoffnungen und Erwartungen knüpfte er an die Gründung einer eigenen Familie, als er die junge Cousine, Johanne Mehne, zum Traualtar führen durfte und ihnen schon nach Jahresfrist ein Kind, die kleine Anna Christina, geschenkt worden war. Doch währte dieses Glück nur wenige Tage: Wie es das Schicksal so mancher Wöchnerin war, raffte das Fieber im Kindbett auch das Leben seiner jungen Frau unbarmherzig dahin. Wie trostlos und öde erschien ihm damals die Welt!

Mehr wegen der Versorgung seiner kleinen Tochter willigte Johann Mathias Lameyer nach Ablauf des Trauerjahres ein, Jo-

hanna Thorspecken zu heiraten, die ebenfalls eine Cousine von ihm war. Nie hätte er sich vorstellen können, dass ihm mit ihr so viel Glück widerfahren würde: Nicht nur, dass sie ihm eine liebevolle Gattin und der kleinen Anna eine gute Mutter wurde, nein, darüber hinaus hatte sie ihm noch weitere sieben Kinder geschenkt. Zwei von ihnen hatten das Kleinkindalter nicht überlebt, aber die übrigen drei Söhne und zwei Töchter wuchsen prächtig heran und waren sein ganzer Stolz. Für so viel privates Glück war der Senator seinem Herrgott jeden Tag aufs Neue dankbar. Aber keines der Kinder stand ihm so nahe wie der mittlere Sohn, den er selbst zur Taufe getragen und den er nach seinem Vater und Großvater Friedrich genannt hatte. Vielleicht lag es an diesem Umstand, dass sich zwischen Vater und Sohn eine so enge Bindung entwickelte und er Friedrichs Werdegang mit besonderer innerer Anteilnahme begleitete.
War Friedrichs Verhalten gegenüber der charmanten Kapitänstochter an jenem Abend sowie seine allgemeine liberale Gesinnung nicht auch Folge seines väterlichen Einflusses? Hatte er nicht in vielen Gesprächen mit ihm die freiheitlichen, humanistischen Ideen der Neuzeit gepriesen? Ja, hatte er sich dem Sohn gegenüber nicht kritisch geäußert über manche Verkrustungen und hohlen Etiketten im bremischen Traditionsgefüge und ihm damit selbst ein Signal zum Aufbrechen der bestehenden Normen gegeben? Und hatte es nicht wirklich etwas für sich, wenn Friedrich sich als Partnerin eine Frau aus einer jener aufstrebenden Familien aussuchte, wie die Wietings eine waren, voller Lebensenergie, Tatendrang und damit Kraft zur Erneuerung?
Um seine Gedankengänge zu verstehen, scheint es nötig, die Persönlichkeit von Johann Mathias Lameyer und die Zeitumstände, die ihn geprägt hatten, noch einmal näher zu beleuchten: Als angesehener Kaufmann war er schon früh in das Gremium der Älterleute aufgenommen, im Jahre 1802 in den Rat der Stadt Bremen gewählt und dann 1809 sogar zum Senator ernannt worden. Für einen Lutheraner war das eine ganz große Auszeichnung, denn schon seit über einhundert Jahren war dieses Privileg in Bremen fast ausschließlich den Reformierten vorbe-

halten gewesen. Als der Dom aber im Jahre 1802 Bremen zugeschlagen werden sollte, nachdem er solange in schwedischem und zuletzt in hannoverschem Besitz gewesen war, ging es den Bremern auch darum, die Besitztümer des Doms für die Stadt zu retten. Was lag da näher, als sich mit den Lutheranern zu versöhnen und die in den Rat zu holen, mit denen man sich die beste Zusammenarbeit versprach, z.B. mit dem honorigen Dr. Horn als erstem lutherischen Ratsmitglied und wenig später dann eben auch mit Johann Mathias Lameyer, der als tolerant, weltoffen und überaus gebildet galt. Er übte nicht nur das Ehrenamt eines Diakons am St. Petri Dom aus, sondern gehörte nach der Einführung des neuen Verwaltungsmodells auch zu den ersten vier Bauherren des Doms.

Für seine Wahl zum Senator waren sicher auch seine guten französischen Sprachkenntnisse ausschlaggebend sowie das gute Verhältnis, das seine Familie und er nach Frankreich hin hatten und das sich der Rat zunutze machen wollte in den Jahren, als die Bedrohung durch Napoleons Machtzuwachs immer näher auf die Stadt zukam.

Lameyers Schwiegervater, Jacob Thorspecken, hatte nämlich seit vielen Jahren in dem Kaufmann Binaud aus Bordeaux einen französischen Firmenkompagnon. Später wurde Binaud auch französischer Konsul und in dieser Funktion in den Jahren der revolutionären Umwälzungen, als viele Adlige in Bremen Zuflucht suchten, gebeten worden, hier für sie Unterkunft zu finden.

Als die Bourbonen aus Paris flüchten mussten, soll auch ein Bruder des französischen Königs mit seiner Familie von Jacob Thorspecken durch Binauds Vermittlung aufgenommen worden sein und lange Zeit in seinem weiträumigen Sommerhaus am Deich in Bremens Neustadt gewohnt haben. In den Jahren ihrer Emigration trafen sich sowohl hier als auch in dem nahe gelegenen Konsulat die interessantesten Persönlichkeiten aus dem französischen Adel, tauschten sich über die politische Entwicklung in Europa aus, pflegten ihre Kultur und Sprache und spendeten sich gegenseitig Trost während der Zeit ihres Exils. Die Mitglieder der Familie Thorspecken mit ihren angeheirate-

ten Schwiegersöhnen und Schwiegertöchtern waren in diese Kreise eingebunden und profitierten in mancherlei Weise von diesem ungewöhnlichem Umgang, auch noch lange Zeit, nachdem die Situation in Frankreich sich wieder beruhigt hatte und die Emigranten in ihr Heimatland zurückgekehrt waren.
Dieser Beziehungen eingedenk, ließ es Maire Wichelhausen während der napoleonischen Besatzung sicher ratsam und günstig erscheinen, Lameyer auch mit besonderen Aufgaben zu betrauen: Ihn schlug Wichelhausen zum Munizipalrat vor, ihn wünschte er sich neben dem berühmten Astrologen Olbers zum Begleiter nach Paris, wohin die Bremer Delegation am 9.Mai des Jahres 1811 zur Teilnahme an den Feierlichkeiten anlässlich der Geburt des Sohnes Napoleons, des so genannten „Königs von Rom“ reiste, ihn empfahl Wichelhausen dem Prefekten d'Arberg als Präsidenten der Handelskammer, als die Franzosen diese Institution, die an die Stelle des bisherigen Kollegiums der Älterleute trat, in Bremen begründeten.
Als Präses der Handelskammer war J.M. Lameyer dann Fürsprecher der Kaufmannschaft in einer schwierigen Zeit geworden, in der er unter den widrigsten Bedingungen immer wieder die Interessen der Bremer Wirtschaft durchzusetzen versuchte und mit diplomatischem Geschick zwischen den Kaufleuten, dem Rat und den fremden Besatzern zu vermitteln verstand.
Als ein Mann von Geist und Bildung hatte er aber immer im Blick, dass das althergebrachte gesetzliche Regelwerk die Weiterentwicklung der Stadt Bremen behinderte und daher ein Bruch mit manchen Traditionen unvermeidlich war. Wie übersichtlich, klar und verständlich waren die Bereiche des Gerichtswesens, der Wirtschaft und des bürgerlichen Rechts in der „Code Napoleon“ geregelt im Gegensatz zu den Texten in dem alten Bremer Ratsbuch mit seinen verschnörkelten, unverständlich gewordenen Formulierungen aus dem 15.Jahrhundert! So liefen Lameyers Überlegungen dahin, doch manche durch Napoleon eingeführte Regeln im Rat zu übernehmen, wenn der Franzose erst einmal endgültig besiegt und die Hansestadt wieder frei sein sollte.

Das also war der Mann, den Friedrich Lameyer zum Vater hatte und, um auf seine Rolle als Vater zurückzukommen in der sich anbahnenden Liebesbeziehung zwischen seinem Sohn und der Tochter Lüder Wietings, so hatte Johann Matthias Lameyer in diesem Punkt für sich eine Entscheidung getroffen: Noch war Friedrich zu jung, um sich binden zu können. Erst im Januar würde er das 20. Lebensjahr vollendet haben und auch beruflich stand er erst am Anfang seiner Karriere als Kaufmann. Doch sollte er sich in jeder Hinsicht gefestigt haben und weiterhin Zuneigung für Margarethe empfinden, so würde er dieser Verbindung letztendlich nicht im Wege stehen wollen, sondern ihr seinen väterlichen Segen geben. Sicher war diese Verbindung nicht standesgemäß, doch war der Kapitän Wieting als aufrechter, gottesfürchtiger Mann bekannt, dessen Finanzen in Ordnung waren und der überdies einen ausgesprochen reizvollen Grundbesitz auf Vegesacks hohem Ufer sein Eigen nannte. Eine Tochter aus solcher Familie zu ehelichen, war bei einigem Wohlwollen zu akzeptieren und sein Friedrich, als Kind der Liebe, sollte schon nach dem Wunsche seines Herzens wählen dürfen.

Friedrichs Pläne

Wieder waren kostbare Monate vergangen, ohne dass die Französische Fremdherrschaft abgeschüttelt werden konnte. Noch einmal war es Napoleon gelungen, ein Heer aufzustellen und es gegen die sich ihm entgegenstellenden Verbündeten einzusetzen. Zwischen dem 16. und 18. Oktober des Jahres 1813 wurde bei Leipzig erbittert gekämpft und tatsächlich konnte der Despot hier vernichtend geschlagen werden. Auch wenn sich da und dort noch einzelne Kämpfe abspielten, so war das Ende der Franzosenherrschaft mit dieser Schicksalsschlacht endgültig besiegelt.
Für die Stadt Bremen kam der große Tag der Befreiung aber erst am 15. Oktober, als der russische General von Tettenborn mit

seinen Kosaken in die Stadt einmarschierte und die inzwischen schon sehr geschwächte französische Besatzung gegen freien Abzug zur Kapitulation zwang. Wenige Monate dauerte es dann nur noch, bis alle deutschen Lande wieder ganz befreit waren!

Aber wie sah das Vaterland aus nach dem Zusammenbruch und Abzug der französischen Heere und Verwaltungsfunktionäre? Eine trostlose Hinterlassenschaft war geblieben. Wirtschaft und Handel lagen völlig danieder. Viele junge Leute wanderten nach Amerika aus und anderswohin, weil sie in ihrer Heimat keine Zukunftsperspektiven mehr sahen. Andere aber blieben trotz aller Kümmernisse. Es entwickelte sich ein starker Patriotismus, eine glühende Liebe zum geschundenen Heimatland, für dessen „Wieder-Erstarken“ man eintreten und seine ganze Kraft hergeben wollte.
Arm und reich rückten enger zusammen. Frauen der gebildeten Schichten gründeten in ihren Kirchengemeinden karitative Vereine, um den Invaliden sowie allen vom Krieg Gebeutelten zu helfen. Wie alle Frauen der Ratsmitglieder und etablierten Familien, gehörte in Bremen auch die Senatorin Lameyer zu den Gründungsmitgliedern des kleinen und großen Frauenvereins für verschämte Arme. Neben der Absicht, die Kriegsverwundeten und ihre Familien materiell zu unterstützen, wurde die Bildung und Ausbildung der Frauen und Mädchen aus den einfachen Schichten bald eine wichtige Aufgabe des Vereins.

Nach dem politischen Neuanfang mit einem neu formierten Senat, in dem zum Teil die alten Regierungsmitglieder wieder Aufnahme gefunden hatten, ging für Senator Lameyer das Leben im ständigen Bemühen um das Wohl der Stadt Bremen und seiner Bevölkerung unter den neuen Vorzeichen weiter. Nur waren seine beiden älteren Söhne in ein Alter gekommen, in dem es an der Zeit war, eine eigene Existenz aufzubauen. Mit Hilfe und der finanziellen Unterstützung des Vaters eröffnete Christian Hermann Jacob seine eigene Firma mit Konzessions-

und Speditionsgeschäften. Friedrich, der noch in der Assekuranz-Versicherung seines Vaters tätig war, entwickelte eine große Vorliebe für das Kontor des Bruders und besuchte dieses häufig: Es lag nämlich in der Langenstraße 58 in unmittelbarer Nachbarschaft zum Wietingschen Haus. Wie Friedrich Lameyer diesen Glücksfall nutzte, um mit Margarethe näher und öfter in Kontakt zu treten, können wir nur erahnen. Doch trugen diese Umstände sehr dazu bei, dass er die Arbeit als Versicherungsagent, die Abwicklung der Geschäfte mit den Reedern und Spediteuren erträglich fand, denn eigentlich behagte ihm dieses Dasein nicht sehr, ja, es wurde ihm immer deutlicher, dass diese Tätigkeit seinen Zukunftsvorstellungen in keiner Weise entsprach. Deshalb unternahm er alles, um aus dem in seiner Familie üblichen Werdegang zum Kaufmann auszubrechen. Die Zeitumstände halfen ihm dabei. Wie immer, wenn in der Geschichte durch einschneidende Veränderungen bestehende Wertsysteme in Frage gestellt werden und ins Wanken geraten, entwickelt die jeweilige junge Generation ganz eigene Leitbilder und Ideale, oft konträr zu den bestehenden.

Dadurch, dass man während der französischen Fremdherrschaft ganz auf das eigene Hinterland beschränkt und ausgerichtet gewesen war, rückten manche bislang unbeachtet gebliebene Landstriche in Deutschland in das Bewusstsein der Menschen, zogen besonders auch die Aufmerksamkeit der Intellektuellen auf sich. Sie wurden von ihnen mit ihren vielfältigen realistischen Entwicklungsmöglichkeiten hervorgehoben, aber auch in idealisierender, romantischer Weise verklärt. Der Philosoph Ludwig Jahn z. B., der später als Turnvater Jahn Generationen von sportbegeisterten Menschen im Gedächtnis bleiben sollte, pries die Vorzüge und Schönheiten der Heidelandschaft und sagte ihr eine bedeutende Rolle für die Zukunft voraus.

Andere griffen auf die Ideale der Physiokraten zurück, einer ursprünglich aus Frankreich stammenden Bewegung. Danach wurde die Arbeit der Landbevölkerung als die vornehmste im Staat angesehen und die Bearbeitung des Bodens als die einzige Quelle, aus der Reichtum und Gewinn sich entwickeln durfte.

Schriftsteller wie Achim v. Arnim und andere Romantiker sehnten sich nach dem geschlossenen Welt- und Gesellschaftsbild des Mittelalters, in dem die alte Stände-Ordnung eine wesentliche Rolle spielte.
Wohl hatte Goethe, der Dichterfürst, seinen Faust II noch nicht der Öffentlichkeit vorgestellt; doch das Werk war im Entstehen und die Zeit und ihre Menschen waren aufnahmebereit für Fausts Botschaft: „Dürft ich zum Augenblicke sagen, verweile doch, du bist so schön ...“ beim Anblick der vielen tausend Menschen, die ödes, wildes Land durch die Arbeit ihrer Hände urbar machten und fruchtbar werden ließen.
Von den Ideen seiner Umwelt beeinflusst, besann sich Friedrich Lameyer auch seiner eigenen Wurzeln. War es doch erst die Generation des Urgroßvaters gewesen, die die ländliche Scholle verlassen hatte, um in Bremen als Kaufleute ihr Glück zu machen. War das alte Bauerngeschlecht der Lameyers vordem nicht schon über Jahrhunderte auf dem Lahof in der Nähe von Bassum ansässig gewesen, ausgestattet mit einer unendlichen Liebe zum Boden, zur Natur? Und wurde nicht noch heute davon berichtet, wie es dem Urahn Arend Lameyer gelungen war, den von untreuen Meiern heruntergewirtschafteten fürstbischöflichen Meierhof in Twistringen wieder zum Blühen zu bringen und damit nachfolgenden Generationen der Familie ein leuchtendes Beispiel für vorbildliches Handeln zu geben?
Friedrich konnte sich gut vorstellen, wieder an diese Traditionen anzuknüpfen: Sein erklärtes Lebensziel wurde es, Grund und Boden zu erwerben und als Landwirt mit Frau, Kindern und dem Gesinde in einer harmonischen Lebens- und Arbeitsgemeinschaft einen eigenen Hof zu bewirtschaften. Mit Margarethe hatte er eine Partnerin gefunden, die seine Pläne und Zukunftsvorstellungen teilte und stundenlang zuhören konnte, wenn er mit Begeisterung darüber sprach. Auf irgendeine Weise war sie immer das Vorstadt- und Naturkind geblieben mit einer großen Vorliebe für alles, was da wuchs, blühte und gedieh. Die Eindrücke ihrer Kindheit von den Zier- und Nutzgärten ihrer Mutter am hohen Weserufer und den ausgedehnten Gärten des

Dr. Roth mit ihrer Pflanzenvielfalt hatten sie doch nachhaltiger geprägt als es ihr über viele Jahre bewusst gewesen war. Und was das Ausprobieren neuer Lebensformen anbetraf, so war sie als Tochter von Lüder Wieting, der Wagemut und Unerschrockenheit in die Wiege gelegt worden waren, genau die Richtige.
Ungleich schwieriger wurde es für Friedrich, seinen Vater von seinen Plänen zu überzeugen. Ernsthaft gelang es ihm erst, nachdem er sich die Erkenntnisse von Albrecht Daniel Thaer zu eigen gemacht und sich durch weitere Schulungen zum Ökonomen hatte ausbilden lassen. Thaer hatte Anfang des 19. Jahrhunderts in seiner Heimatstadt Celle die erste landwirtschaftliche Schule eröffnet und wurde zum Begründer der wissenschaftlichen Landwirtschaft. Durch seine Untersuchungen konnte er und später auch sein Schüler A. Thümen belegen, dass durch die Düngung des Bodens mit Humus ein Vielfaches der bisherigen Ernteerträge zu erzielen war. Finanzieller Gewinn und Kapitalzuwächse waren ab jetzt also auch in der Landwirtschaft möglich. In Anbetracht dieser neuen Entwicklungen und der besonderen Vorliebe seines Sohnes erklärte sich Johann Mathias Lameyer bereit, dessen Zukunftspläne zu unterstützen und zu finanzieren. Es war selbstverständlich, dass er bei der Suche und Auswahl eines geeigneten Objektes einen entscheidenden Anteil hatte und ihm mit seinem väterlichen Rat und Urteilsvermögen zur Seite stand. Bald hatte sich das Vorhaben des Senators auch unter seinen Freunden herumgesprochen und auch von dieser Seite wurde Unterstützung zugesagt.

Es war Ende des Jahres 1816, als ihm in einem persönlichen Schreiben des Obersten v. Scheither die Einladung zuging, sich dessen Gut Trochel anzusehen, das in Kürze versteigert werden sollte.
Das Gut Trochel, in der Nähe des gleichnamigen Flusses und der kleinen Ortschaft Brockel in der Lüneburger Heide gelegen, war ein adeliges Rittergut mit einer Geschichte, die weit ins 13. Jahrhundert zurückreichte. Es gehörte zur Verdener Ritterschaft, in deren Rat der jeweilige Besitzer auch drei Stimmen hatte, was jährlich eine feste Einnahmesumme garantierte. Mit

seinen Äckern, Wiesen, Heiden und Mooren war das Gut weit bekannt in der Rotenburger Gegend. Es bestand überwiegend aus kultiviertem Boden, aber auch aus einer großen Fläche Bruchland und wilder, unberührter Natur. Es war mit Eichen, Buchen und Birken bewachsen, besaß einige fischreiche Seen und wurde von zwei Flüssen durchzogen, der Trochel und der Wiedau, wodurch das Land gut bewässert werden konnte. An der nördlichen Grenze des Gutsbesitzes verlief die Landstraße zwischen Brockel und Hemslingen. In früheren Zeiten soll diese Wegstrecke auch für die Salztransporte von Lüneburg nach Bremen genutzt worden sein.
Der ganze Besitz war im Laufe seiner letzten Geschichte immer wieder in neue Hände gekommen, zuletzt von denen von Lützow an General von Scheither verkauft und nach dessen Tod von der Witwe dem Sohne geschenkt worden.
Der Obrist Carl von Scheither besaß neben Trochel die Güter Alt-Lüneburg, Bexhövede und Veerse, Gebiete, die im Königreich Hannover lagen, somit der englischen Krone unterstanden und ihn als Adeligen zu einem Untergebenen des englischen Königs machten. Wie so manche andere Adelsgeschlechter, hatten auch die von Scheithers durch die Folgen der französischen Revolution den Boden unter den Füßen verloren. Durch jahrelange kriegerische Auseinandersetzungen mit Frankreich, durch immer neue Einquartierungslasten, Abgaben und Dienste für die französischen Truppen waren ihnen so hohe finanzielle Verluste entstanden, dass sie immer mehr verschuldeten.
Schon im Jahre 1810 sollten dem Obristen sämtliche Güter durch Konkurs entzogen werden. Lange kämpfte v. Scheither verbissen um Wiedergutmachung und gab die Hoffnung nicht auf, doch noch einen Vergleich mit seinen Kreditgebern erzielen zu können. Er glaubte diesen schon in greifbare Nähe gerückt, doch hatte er nicht mit dem betrügerischen Vorgehen seines Notars und seines Verwalters gerechnet. Diese waren von ihm nach der alten Tradition unter Ehrenmännern mit der Abwicklung des Vergleichs nur mündlich beauftragt worden, was sie schamlos ausnutzten. Zu spät erkannte v. Scheither, dass beiden

nur daran gelegen war, ihn als Geschäftsmann unglaubwürdig erscheinen zu lassen und als Menschen zu demoralisieren, um sich anschließend seinen Besitz für ein Butterbrot selbst aneignen zu können. Als ihm dieses endlich bewusst wurde, tat er alles, um ihre Pläne zu durchkreuzen. Durch die Veröffentlichung in den hannoverschen Nachrichten und durch das Anschreiben an zwei ihm empfohlene Kaufinteressenten versuchte er entgegen der ausdrücklichen Absprache mit den Konkursverwaltern selber einen Käufer zu finden. Einer von ihnen war der Bremer Senator Lameyer, der sich das Gut Trochel bald darauf mit seinem Sohn ansah.

Friedrich war begeistert von den Ländereien, die er dort vorfand und von der Vorstellung, das ganze Anwesen in Kürze sein Eigen nennen zu können. Mit gemischten Gefühlen gab der Senator schließlich seine Zustimmung zum Kauf. Obwohl ihn Friedrichs Vorhaben und sein Mut zum Risiko mit Stolz erfüllte, hegte er andererseits doch Zweifel, ob dieser nicht seine Kräfte und Möglichkeiten überschätzt hatte. Vielleicht hätte er ihm eher abraten sollen. Doch der Reiz, der darin lag, den eigenen Sohn als Besitzer eines ehemaligen Adelshofes zu sehen, den man überdies noch so relativ günstig erwerben konnte, weckte seinen Ehrgeiz und ließ ihn entgegen seinen sonstigen Gewohnheiten eher leichtfertig handeln.

Dem Obristen aber waren die Lameyers genehm. Er hatte den Eindruck, dass dieser junge Ökonom aus der Stadt sich ganz für dieses Land einsetzen und es im Sinne seiner Vorbesitzer verwalten würde. Dieses war dem verarmten Adeligen eine Genugtuung gegenüber seinen skrupellosen Gegnern. Ausgesöhnt durch einen Verkaufsabschluss, der noch eine gewisse Auszahlung an seine Gläubiger möglich machte, was ihm wichtig war zur Wiederherstellung seiner Ehre, suchte von Scheither, selbst jetzt völlig mittellos geworden, danach Zuflucht in den englischen Kolonien im weit entfernten Indien.

Für Friedrich Lameyer aber begann mit dem Kauf des ehemaligen adeligen Gutes Trochel ein neuer, bedeutender Lebensab-

schnitt. Sicher, mit einer Fläche von 542 Hektar, mit dem großzügigen Herrenhaus und den vielen Nebengebäuden sowie zusätzlich dem etwas entfernt gelegenen Vorwerk in Stelle, wo sich die Schäferei des Gutshofs befand und die Wohnungen der Pächter, war das Anwesen eigentlich mehrere Nummern zu groß für einen jungen Kaufmann aus der Stadt, der gerade erst sein 23. Lebensjahr vollendet hatte. Doch Friedrich war voller Zuversicht und Optimismus. Je schwieriger und riskanter die Aufgabe zu sein schien, je größer wurde für ihn der Reiz, sich dieser Herausforderung zu stellen. Und die Gewissheit, Margarethe als gleichberechtigte und ebenbürtige Partnerin bald an seiner Seite zu haben, beflügelte seinen Wagemut.
So konnte sich Friedrich als stolzer Gutsbesitzer präsentieren, als er im Frühjahr des Jahres 1817 offiziell um Margarethes Hand anhielt und die Verlobung der beiden gefeiert wurde.
Die beiden Väter hatten sich vordem auf eine Mitgift von 2960 Reichsthaler verständigt. Diese Summe in bar auszuzahlen, bereitete Lüder Wieting schon einiges Kopfzerbrechen. Doch gemessen an dem Gesamtbetrag, den der Erwerb des Gutes verschlungen hatte, war es nur ein unbedeutender Bruchteil und eine Konzession des Senators an die aus seiner Sicht doch sehr beschränkten Vermögensverhältnisse der Wietings.

Die Verlobten

Mit welchem Stolz aber betrachteten Lüder und Maria Wieting fortan die Tochter und den zukünftigen Schwiegersohn. Wie sehr genossen sie den spürbar gewachsenen Respekt in der Gesellschaft, nachdem bekannt geworden war, dass die Verbindung von Friedrich und Margarethe von ernster Natur war und bald durch Eheschließung dauerhaft legitimiert werden sollte. Wie sehr sehnten sie den Tag herbei, an dem sie die Vegesacker Verwandtschaft mit Friedrich Lameyer und seiner senatorischen Familie bekannt machen durften.

Gelegenheit dazu bot sich vermehrt in den Wochen vor der Fertigstellung des ersten Dampfschiffes, das der Cousin und ehemalige Schwiegersohn des Senators, Friedrich Schröder junior, auf der Werft von Johann Lange in Auftrag gegeben hatte. Um sich über den Fortschritt am Bau des Schiffes zu informieren, ließen sich die Bremer Familien nun nämlich häufiger nach Vegesack hinausfahren. Es kamen die Lameyers, Thorspeckens, Kulenkamps sowie der junge Unternehmer selber, oft in Begleitung seiner zweiten Frau und den beiden Kindern Friedrich und Henrich. Begeistert waren alle vom Wietingschen Besitz an der Weserstraße und der reizvollen Aussicht von der Anhöhe hinab auf die Flusslandschaft und das weite Oldenburger Land. Hamburg und das Elbufer waren ihnen wohl bekannt und der Vergleich Vegesacks mit Blankenese wurde von ihnen immer wieder bewundernd geäußert.
Ursprünglich war angedacht, das Dampfschiff in England bauen zu lassen. Wissen und Erfahrung über Dampfmaschinen waren dort schon reichlich vorhanden. Aber Bremen einschließlich Vegesack lagen Schröder aus mancherlei Gründen am Herzen, und was die Engländer konnten, das traute der Weitgereiste den Bremern allemal zu.
Wohl waren auf Elbe und Havel schon Dampfschiffe in Gang gesetzt worden. Doch diese Unternehmungen waren jeweils nur von kurzer Dauer und hatten eher den Charakter von misslungenen Versuchen. Schröders persönlicher Ehrgeiz lag nun darin, das erste erfolgreich fahrende Dampfschiff in Deutschland in seiner Heimatstadt Bremen bauen zu lassen und es hier für einen regelmäßigen Waren- und Publikumsverkehr einzusetzen. Der Fluss, an dem seine Heimatstadt lag, seine Weser, auf die er so stolz war, sollte der erste Strom in ganz Europa sein, auf dem diese modernen Schiffe fuhren.
So hatte Friedrich Schröder vordem Johann Lange, den Architekten Treviranus sowie den Kapitän Zacharias Spilker zu Studienzwecken zu einer gemeinsamen Reise nach England überredet, um sich vor Ort über den Bau von Maschinen und Dampfschiffen zu informieren. Mit diesem Wissen zurückge-

kehrt, war es ihnen durch gemeinsame Anstrengungen gelungen, in kürzester Zeit eines der modernsten Schiffe jener Zeit zu konzipieren, den hölzernen Schiffsrumpf auf der Werft in Vegesack fertig zu stellen und mit einer aus England stammenden Dampfmaschine in Betrieb gehen zu lassen!
Zur Jungfernfahrt des Schiffes, das auf den Namen „Weser“ getauft werden sollte, waren am 6. Mai des Jahres 1817 Vertreter der Anrainerstaaten, des Bremer Senats sowie des Oldenburger Herzogtums mit Anhang von Schröder nach Vegesack eingeladen worden, wo es für sie und die Vegesacker Offiziellen im Hafenhaus eine opulentes Frühstück gab.
Dann, nachdem die Honoratioren ihre Reden gehalten hatten, bestiegen Ratsmitglieder und Ehrengäste unter großer Anteilnahme und dem Jubel der Bevölkerung das motorisierte, schnaufende, segellose Dampfross, um mit ihm die erste Fahrt auf dem Strom gen Bremen zu wagen. Allerdings trauten sich nur die Mutigsten unter ihnen, an dieser Unternehmung teilzunehmen. Selbstverständlich gehörte Senator Lameyer dazu. Wie sollte es auch anders sein, war er doch mit dem jungen, begabten und risikofreudigen Unternehmer Friedrich Schröder aufs engste verbunden, ja, konnte ihn im eigentlichen Sinne des Wortes seinen Ziehsohn nennen. Und das kam so: Als der Onkel Schröder starb, war der kleine Friedrich, als das jüngste von fünf Geschwistern, gerade einmal acht Jahre alt. Couragiert hatte seine verwitwete Mutter die Leitung des überseeischen Tabakhandels in die eigenen Hände genommen. Die Sorge um den jüngsten Sohn übertrug sie weitgehend einem Privatlehrer sowie dem Neffen Lameyer, dem die Ausbildung des um fast 20 Jahre jüngeren Cousins eine Herzensangelegenheit wurde, konnte er sich dadurch doch für die Wohltaten, die er vormals als Waisenkind im Hause Schröder erfahren hatte, erkenntlich zeigen. Der junge Friedrich Schröder wurde nun im Handelshaus Lameyer zum Kaufmann ausgebildet, wobei er wegen seiner Begabung und seiner besonderen Fähigkeiten auch bald in den ausländischen Niederlassungen der Firma tätig wurde. Bei einem dieser Auslandsaufenthalte lernte Friedrich Schröder in

Madrid den preußischen Staatsmann und Philosophen Wilhelm von Humboldt kennen, der von ihm tief beeindruckt war und ihm ein Leben lang durch Freundschaft eng verbunden bleiben sollte. Gemeinsam bereisten die Wissensdurstigen Spanien, Italien, England und Frankreich, erwarben so eine Fülle von Informationen, wie es in der damaligen Zeit erst wenigen vergönnt war.

In die Heimat zurückgekehrt, übernahm der junge Schröder zur Entlastung der alternden Mutter dann die Firma seines verstorbenen Vaters und baute sie mit beachtlichem Erfolg noch weiter aus. Verliebt hatte sich Friedrich Schröder im Hause Lameyer aber in die Cousine Anna Christina und es wunderte keinen, dass Johann Mathias Lameyer ihm seine älteste Tochter aus erster Ehe gern zur Frau gab. Doch ein ähnliches Schicksal wie ihrer Mutter widerfuhr auch dieser jungen Frau; sie starb kurz nach der Geburt ihres ersten Kindes. Der kleine Friedrich Schröder, der nun dritte dieses Namens, wurde kurzfristig von den Großeltern Lameyer aufgenommen und wohnte bis zur Wiederverheiratung seines Vaters mit Margareta Regina Droop in ihrem Haus am Domshof. Die enge Verbindung zwischen den Familien, insbesondere aber die Freundschaft zwischen Johann Mathias Lameyer und Friedrich Schröder blieb bestehen und fand ihren Ausdruck in so manchen weiteren gemeinsamen Projekten. Und so ist zu vermuten, dass der Senator Lameyer auch bei der Idee, mit der Dampfschifffahrt auf der Weser zu beginnen, einen ideellen Anteil hatte.

Doch ungetrübt konnte sich Friedrich Schröder an diesem fortschrittlichen Projekt nur wenige Jahre erfreuen: Für den begüterten Unternehmer war es nämlich selbstverständlich gewesen, den Bau des Dampfschiffes, die Errichtung und Unterhaltung der Anlegestellen sowie die laufenden Personalkosten selbst zu finanzieren und im Gegenzug die zu erwartenden Einnahmen aus dem Lasten- und Personenverkehr als Rückerstattung für seine Auslagen zu betrachten. Um die Gangbarhaltung der Fahrrinne wollte sich ja die Stadt Bremen kümmern, wie ihm von Behördenvertretern vor Aufnahme seines Unternehmens mündlich fest zugesichert worden war.

So ging Schröders Rechnung anfänglich auch auf, denn das Publikum nahm die Vorteile dieser bequemen Verbindung auf der Weser zwischen Bremen, Vegesack und Brake mit großer Zustimmung an. Doch wegen der seichten Stellen im Strom konnte der Fahnplan oft nicht eingehalten werden. Es wurden Regressansprüche gestellt, die Schröders Einnahmen und Rücklagen schmälerten. Das Unternehmen wurde ein Zusatzgeschäft. Seine an den Senat gerichteten Bitten, die gegebenen Versprechen einzuhalten und sich endlich um eine Beseitigung der Hindernisse zu kümmern, blieben unbeantwortet. Als weiterer Anrainer der Weser war das Herzogtum Oldenburg schon im Jahre 1824 zu Verhandlungen bereit und schickte zu einer vereinbarten Ortsbesichtigung den Cammerrath Burmester. Der für Bremen zuständige Wasserbaudirektor Blohm war nicht einmal erschienen, sicher nicht ohne Zustimmung seiner Vorgesetzten. Damit waren die Verhandlungen beendet noch bevor sie begonnen hatten. Zu einseitig verfolgte man damals unter Bürgermeister Smidt nur das Projekt an der Geeste-Mündung, wo der neue Hafen Bremens entstehen sollte und vernachlässigte dadurch den Ausbau der Weser zum modernen Schifffahrtsweg. Nach jahrelangen Querelen gab Schröder die Dampfschifffahrt auf der Weser im Jahre 1833 endgültig resigniert und verbittert auf.

Zurück aber zum 12. Mai des Jahres 1817, dem Tag, der noch ganz im Zeichen seines Triumphes stand: Als sein Dampfschiff den Anleger an der Bremer Schlachte erreicht hatte, brach das wartende Volk in Jubel aus. Es war Volksfeststimmung, die sich noch über Tage hinziehen sollte! Im Mai 1817 hatte das Schicksal für Friedrich Schröder nur eine glänzende, glückliche Seite, wie auch für die Lameyers und Wietings, besonders aber für unser Paar Friedrich und Margarethe!

Hochzeit und erste Ehejahre

Nun, da der Sommer kam, sah Margarethe Wieting ihren Bräutigam immer seltener, denn die Anwesenheit des jungen Gutsherrn auf Trochel war mehr als nötig, wollte er die Leitung des Gutes als Ökonom wirklich in die eigene Hand nehmen.
Hätte Margarethe ihre Erfüllung nicht auch in der Singakademie gesehen, ihr wären die Monate des Wartens auf ihn bis zum Tag ihrer Hochzeit im Herbst endlos erschienen.
Bisher hat Margarethes musikalische Begabung noch keine Erwähnung gefunden, ihre Fähigkeit, sich Noten, Schlüssel, Tonarten und Tonleitern ohne große Mühe merken sowie eine einmal gehörte Melodie mit Leichtigkeit vom Notenblatt absingen zu können. Und doch hat die Freude am Gesang Margarethes Jugend bestimmt, hatte sie sich mit ihrer schönen, klaren Alt-Stimme bei den Gottesdiensten in der St.Ansgarii-Gemeinde des Öfteren hervor getan. Sicher konnte sie sich dabei nicht mit Ida messen, der Tochter von Pastor Gambs, die Sängerin werden wollte und die mit ihrer brillierenden Sopran-Stimme von je her die Bewunderung aller Gemeindemitglieder auf sich zog. Doch eine Möglichkeit, ihre Stimme wirkungsvoller einsetzen zu können, eröffnete sich für Margarethe mit der Gründung der Singakademie in Bremen dann doch noch, und das kam so: Dem Domkantor Dr. Müller war es im September 1814 gelungen, den begabten Wilhelm Friedrich Riem als Nachfolger des verstorbenen Domorganisten Rauschelbach von Leipzig nach Bremen zu holen. Damit wurde eine Bewegung eingeleitet, die Bremens Musik- und Kulturleben für die folgenden Jahrzehnte entscheidend prägen und bereichern sollte.
Der junge Musiker, Komponist, Dirigent und Organist hatte große Pläne. Neben der Bearbeitung weiterer eigener Kompositionen wollte er auch in Bremen, wie zuvor in Leipzig, eine Singakademie gründen und lud im Herbst des Jahres 1815 durch die Presse alle dazu ein, die übergrundlegende Kenntnisse in der Musikkunde verfügten und Freude am Singen hatten.

Wie alle Bauherren des Domes hatte auch Senator Lameyer durch seine finanzielle Unterstützung entscheidend dazu beigetragen, dass Riem nach Bremen wechseln und hier Wohnung nehmen konnte. So sah er es jetzt natürlich gern, dass die weiblichen Mitglieder seiner Familie sich in dieser fortschrittlichen kulturellen Einrichtung der Singakademie engagierten: Neben Margareta Droop gehören auch seine zukünftigen Schwiegertöchter Elisabeth Kulenkamp und Margarethe Wieting zu ihren ersten Gründungsmitgliedern, wobei es der jungen, kaum achtzehnjährigen Elisabeth sogar gelungen war, in den Vorstand gewählt zu werden. Über viele Jahre behielt sie diese Position, um die sich Margarethe mehrere Male vergeblich bemüht hatte.
Der hohe Anspruch der neuen Gesangschule lag darin, sich der geistigen und kirchlichen Musik zu widmen. So beschränkte sich das Repertoire auf Choräle, Motetten, Kantaten und Oratorien, die man unter der sachkundigen Leitung Riems an den wöchentlichen Übungsabenden am Dienstag einübte.
Zum ersten Mal stellte sich die Singakademie der Öffentlichkeit am 30. Dezember 1816 im Dom mit einer Veranstaltung zugunsten der Not leidenden Bevölkerung Danzigs vor.
In dem für Margarethe so bedeutenden Jahr 1817 fanden dann bereits mehrere Aufführungen statt, an denen sie als Chormitglied teilgenommen hatte: Am Karfreitag kam in der St.Ansgarii-Kirche Mozarts „Requiem“ zur Aufführung, am 17. Juni eröffnete Riem das erste Musikfest in Bremen, wobei sich die Akademie in der Dom-Kirche mit einem gemischten Programm von Ausschnitten aus Werken von Händel, Mozart und Gallus präsentierte. Als drittes besonderes Ereignis mit Musikfest-Charakter sollte am 15. Juli, nun wiederum in der St.Ansgarii-Kirche, Haydns „Schöpfung“ dargeboten werden.
Die größte Herausforderung für alle, sowohl für die Solisten als auch für die Chormitglieder, war aber das Einüben von Händels Oratorium der „Messias“, das aus Anlass der 300jährigen Wiederkehr des Reformationstages am Abend des 31.Oktobers auf Beschluss des Senates im Dom der Öffentlichkeit vorgestellt werden sollte.

Mit den Vorbereitungen zu diesen großartigen Musikereignissen beschäftigt, war die Zeit für Margarethe überraschend schnell vergangen, so dass er plötzlich da war, der lang ersehnte Tag ihrer Hochzeit: Am 26. Oktober des Jahres 1817 gaben sich Friedrich und Margarethe ihr Eheversprechen im Rathaus zu Bremen, am 2. November fand dann die kirchliche Trauung in der Gemeinde der Braut, der St. Ansgarii-Kirche statt. Zwischen diesen beiden wichtigen Daten lag der Abend des Reformationstages, der für Margarethe als Chormitglied der Singakademie eine fast ebenso große Bedeutsamkeit hatte wie die Eheschließung selber. Beseelt von den schönsten Gefühlen ließ sie ihre klare, tragende Alt-Stimme erklingen, als man Händels „Messias" vor fast neunhundert Zuhörern in der Dom-Kirche vortrug.
Der Zeitpunkt der Eheschließung war für die Verlobten von hoher Symbolik und von ihnen nicht ohne Bedacht gewählt worden, wollten sie mit ihrer Vermählung doch auch zur Versöhnung zwischen den beiden Glaubensrichtungen beitragen, die sich in der alten Hansestadt Bremen bisher so erbittert bekämpft hatten. Die Braut aus reformierter Familie wurde dem Bräutigam zugeführt, der aus streng lutherischem Hause stammte mit einer Familientradition, die dem lutherischen Dom nun wirklich nicht näher stehen konnte als es bei den Lameyers der Fall war.
300 Jahre war es her, dass Martin Luther seine 95 Thesen an die Schlosskirche zu Wittenberg angebracht und damit die Reformation eingeläutet hatte. Wie stolz war man damals gewesen, der Kirche Roms eine eigene protestantische Gottesanschauung entgegensetzen zu können. Doch welche zerstrittene Vielfalt an Glaubensrichtungen hatte sich daraus entwickelt! Überall in den deutschen Landen besann man sich jetzt des religiösen Ursprungs der Reformation und feierte die 300 jährige Wiederkehr des Reformationstages mit der Sehnsucht nach Vereinigung.
In St. Ansgarii hatte der große Prediger Dräseke schon seit 1814 gewirkt und neben manchen anderen begabten Bremer Predigern, u a. neben Menke und Treviranus, den Boden zur Schaffung einer unierten Kirche bereitet.

Die Vegesacker, die vor der Planung eines eigenen Gotteshauses standen, hatten sich dazu entschlossen, als erste Gemeinde eine unierte Kirche zu bauen, die Lutheraner und Reformierte für alle Zeit vereinen sollte. An diesem Reformationsfest nun rief Dräseke dazu auf, überall in den Kirchen Bremens für die noch zu gründende Vegesacker Gemeinde eine Kollekte abzuhalten. Mit Begeisterung folgten die Gläubigen seinem Aufruf, so dass eine stattliche Summe Geldes zusammenkam.
Wie sehr begrüßte gerade Maria Wieting diese Entwicklung. Eine unierte Kirche in Vegesack, eine Kirche, in der sie mit allen Vegesackern nach der Rückkehr in den Heimatort im Alter in frommer Eintracht gemeinsam würde beten können zu ihrem gemeinsamen Gott! Da würde es für die Lutheraner keine weiten Wege mehr geben nach Lesum und für sie, die Reformierten, nicht mehr die beschwerliche Fahrt zur Kirche nach Blumenthal. Maria Wieting war voller Zuversicht und Vorfreude: Nur solange wollte man noch in der Stadt wohnen bleiben, bis auch Gesina Erika einen standesgemäßen Ehepartner gefunden hätte. Nun, da Margarethe sich so gut verheiratet und Zugang zu den ersten Familien der Stadt bekommen hatte, würde sich dieses Glück gewiss auch bald für die Zweitgeborene ergeben!

Die Stadtmauern waren trotz ihrer mächtigen Höhe und den Wehrtürmen für jeden Feind leicht einnehmbar und somit als Verteidigungsanlage überflüssig geworden. Im Jahre 1802 hatte man sie zur „Entfestigung“ und hernach zur Bebauung frei gegeben. An dem alten Wallgraben waren neue großzügige Bürgerhäuser mit den allerschönsten Fassaden entstanden, die inzwischen von parkartigen, begrünten Anlagen und Rosenrabatten umsäumt waren.
Hier nun, am Alten Wall 95, bezogen Margarethe und Friedrich Lameyer nach ihrer Trauung die erste gemeinsame Wohnung. Ein Umzug nach Trochel war noch nicht möglich. Das Herrenhaus war doch zu lange verwaist gewesen und die Räumlichkeiten befanden sich in einem wenig einladenden Zustand. Es würde eine Zeit dauern, bis alles so hergerichtet sein würde,

dass für sie dort ein behagliches und standesgemäßes Wohnen möglich sein würde. Doch über die Wintermonate, in denen die Feldarbeit vollkommen ruhte, war Friedrichs Anwesenheit auf Trochel ohnehin nicht durchgängig vonnöten. So ergab sich für Friedrich und Margarethe das besondere Glück, viel Zeit für ihre Zweisamkeit zu haben, die in ihrer Nähe und engen Vertrautheit doch ganz neu für sie war. Ihr eigenes Heim, die Besuche bei den Schwiegereltern am Domshof, wo noch die ledigen Geschwister Anna Juliane und Eduard wohnten, die geselligen gesellschaftlichen Ereignisse dort, die Begegnungen mit Friedrichs verheirateten Geschwistern, bei Christian und Elisabeth in der Gartenstraße 9, bei Johanna und Bernd Stägemann in der Martinistraße 17, bei ihren eigenen Eltern sowie bei den Wilhelmis und Thorspekens und nicht zuletzt die weiteren Übungsabende in der Singakademie, wo sie nicht mehr als Fräulein Meta Wieting geführt wurde, sondern als Frau Margarethe Lameyer, als junge Ehefrau nahm sie alles aus einem ganz anderen Blickwinkel wahr. Sie lebte in ihrer neuen Rolle intensiv und spürte, wie auch die Umwelt ihre Aufmerksamkeit auf sie beide voller Neugierde, aber auch voller Wohlwollen richtete. Das Schicksal war ihnen allzu freundlich gesonnen. Ihr junges Glück erstrahlte wie ein neuer Stern am Firmament und zog alle, die mit ihnen zu tun hatten, in seinen Bann.

Alles schien ihnen gelingen zu wollen, alles. So nimmt es nicht wunder, dass neben den finanziellen Gewinnen, die Friedrich auf dem Gut zu erwirtschaften begann, eben auch er und Margarethe es waren, die dem Senator das zum Geschenk machten, wonach er sich so lange gesehnt hatte, einen Enkelsohn, der den Fortbestand des Namens Lameyer garantierte. Im August des Jahres 1819 war Margarethe von ihrem ersten Kind entbunden worden. Es war selbstverständlich, dass der Knabe auf den Namen Johann Mathias im Dom zu Bremen getauft wurde und den Senator zum Gevatter hatte.

Zum ersten Mal kam Neid in der Familie auf, denn Christian fühlte sich von dem jüngeren Bruder, den er bisher glaubte etwas herablassend und mit Großmut behandeln zu können,

überflügelt und in den Schatten gestellt. Zwei reizende Töchter hatte ihm seine Frau bereits geschenkt, aber eben noch nicht diesen männlichen Erben, auf den die ganze Familie doch so sehr wartete. Es sollten noch zwei weitere Jahre ins Land gehen, bis Christians lang ersehnter Sohn endlich geboren werden würde, um ebenfalls auf den Vornamen des Senators getauft werden zu können.
Und Johanna? Ach, Johannas Ehe war kinderlos geblieben. Nur einen Knaben hatte sie tot geboren. Er war namenlos bestattet worden. Des Unglücks nicht genug, starb dann auch ihr Gatte, Bernhard Stägemann. Er war kaum 30 Jahre alt, als eine tückische Lungenentzündung sein Leben beendete. Voller Mitgefühl war Margarethe für die Schwägerin, doch sie konnte sie nicht trösten. Um nicht ganz in Gram und Schmerz zu versinken, suchte Johanna Vergessen durch Taten der Nächstenliebe im neu gegründeten Frauenverein. In ihrer Kirchengemeinde St. Martini wurde sie unermüdlich für die Armen und Notleidenden tätig.

Christian indessen fühlte sich durch die ehrgeizigen beruflichen Pläne des jüngeren Bruders dazu angespornt, seinem Vater mit ähnlich bedeutenden Vorhaben zu imponieren. Nach seinen Vorstellungen gehörte den Zuckerfabrikanten die Zukunft, war doch die Nachfrage nach Zucker und der Genuss desselben, der vormals nur begüterten Bevölkerungsschichten vorbehalten gewesen war, auch für den Mittelstand erschwinglich geworden. Grund dafür war unter anderem die große Menge an Rohrzucker, den die Engländer während der Kontinentalsperre gehortet hatten und den sie nach dem Sturz Napoleons und Beendigung der Kontinentalsperre billig auf den europäischen Markt warfen. Den Konsumenten bescherte diese Entwicklung ein günstiges Angebot des begehrten Produktes und den Zuckerfabrikanten über Jahre hinaus satte Gewinne.

Zur Umsetzung seiner Pläne bekam auch Christian Lameyer einen bedeutenden Vorschuss aus seinem zukünftigen Erbe ausgezahlt. Er erwarb damit noch im Jahre 1820 von der Witwe des verstorbenen Bürgermeisters Dr. Breuels ein weitläufiges Gelände in der Grünenstraße in Bremens Neustadt, nicht weit vom Anwesen seines Onkels Thorspecken. Hier ließ er die Gebäude und Anlagen für eine moderne Zucker-Raffinerie erstellen, die sich in Kürze zu einem gut florierenden und bedeutenden Unternehmen entwickeln sollte. Es wurde so für Christian Lameyer ein Leichtes, seiner Familie ein Leben in dem großzügigen Stil zu ermöglichen, den Elisabeth Lameyer von ihrem Elternhaus her gewohnt war und den sie sich auch von dieser Ehe versprochen hatte. Ihre unmittelbaren Vorfahren nämlich waren die Lübecker Familien der Platzmann und Kulenkamp, die in der dortigen Hansestadt zu den wohlhabendsten Kaufleuten zählten.

Umzug nach Trochel

Fast zur gleichen Zeit nahmen Friedrich und Margarethe Lameyer endgültig Abschied von ihrem Leben in der Stadt. Auf Trochel war nun endlich alles hergerichtet und sie wurden hier sehnlich erwartet. Welche Aufregung herrschte auf dem Gutshof unter dem Gesinde, als bekannt wurde, dass die junge Herrin nun für immer nach Trochel ziehen würde: Die Mägde und Knechte von Trochel, sie stammten seit Jahrhunderten aus den nahe gelegenen Dörfern, aus Bothel, Brockel, Hemsling, Bellen und Wensebrok. Sie hatten vormals als Leibeigene auf dem adeligen Gut gedient in vollkommener Abhängigkeit von den jeweiligen Gutsherren. Erst für die letzten Generationen hatten sich diese Bedingungen grundlegend geändert. Doch wie ihre Arbeit entlohnt wurde, wie das Leben der Häuslinge, der Knechte und Mägde sich gestaltete, das hing doch nach wie vor sehr von dem jeweiligen Charakter und der Einstellung des Gutsherrn ab. Friedrich nun, der seinen Arbeitern mit Achtung begegnete, hatte inzwischen den Respekt, ja mehr noch, die Zuneigung und Bewunderung seiner Untergebenen gewonnen.

Nicht ohne Grund hatte ihm der Häusling Heinrich Lünsmann das Ehrenamt der Gevatternschaft angetragen. Und das Kind, das seine Frau Anna am 20. März jenes Jahres geboren hatte, wurde vom Gutsherrn persönlich zur Taufe getragen und nach ihm Friedrich genannt.
Welche Freude und herzliche Zuneigung wurde nun auch Margarethe entgegengebracht, und als sich zeigte, dass ihr Umgang mit den Leuten von der gleichen Aufmerksamkeit geprägt war, wie diese es bereits von Friedrich her gewohnt waren, hatte sie bald die Herzen aller gewonnen, die auf Trochel lebten und arbeiteten. Margarethe bemühte sich, in alle Aufgaben einer Gutsherrin hineinzuwachsen und dafür zu sorgen, dass in Haus und Hof alles geregelt war und seine Ordnung hatte. Sie unterstützte ihren Friedrich so gut sie nur konnte. Den Komfort des Stadtlebens gewohnt, musste sie nun aber häufig umdenken und immer wieder dazulernen. Manchmal plagten sie Zweifel, ob sie den neuen Anforderungen jemals ganz gerecht werden würde. So musste sie in den beiden Herrenhäusern nach dem Rechten sehen: In dem größeren, das sie selbst bewohnten, gab es acht gut geschnittene Stuben, neun Kammern, eine Milchstube, eine geräumige Küche, eine Speisekammer, zwei Keller sowie eine Stube für das Gesinde. Im gegenüber liegenden kleineren Haus, nur durch die im englischen Gartenstil angelegten Ziergärten getrennt, aber durch Laubengänge miteinander verbunden, waren weitere fünf Stuben, sechs Kammern und eine Küche vorhanden. Dieses Haus war in seinen Ausmaßen und dem Komfort nicht zu vergleichen mit dem eigentlichen Herrenhaus, aber auch hier waren die Stuben recht gut geschnitten, das Äußere wirkte gefällig und es hatte überdies einen praktischen geräumigen Kornboden.

Die beiden Herrenhäuser waren aber nicht die einzigen Gebäude auf dem Hof: Da war der Schafstall, in dem sechshundert Tiere untergebracht werden konnten, ein ähnlich großer Stall also, wie er drüben auf dem Vorwerk Stelle vorhanden war. Außerdem gab es das Viehhaus, den Pferdestall, Schweine- und Gänseställe, zwei Scheunen, ein Backhaus, ein Bleichhaus sowie

eine Scheune zur Lagerung des Torfs, der in den eigenen Mooren im Herbst gestochen wurde und für die Feuerung eines ganzen langen Winters ausreichte.
Das Gärtnerhaus mit der kleinen Orangerie befand sich im Obstgarten. Dieser, wie auch die weitläufigen Gemüsegärten mit ihrer Größe von etwa 15 Morgen lagen weit hinter den Wohngebäuden und konnten über eine Allee erreicht werden, an deren Ende sich auch die acht neu erbauten Wohnungen der Häuslingsfamilien sowie ihre Gärten und Stallungen befanden.

Drüben in Stelle, das mit dem Pferd in gut 15 Minuten zu erreichen war, lag die Schäferei mit den Pächterwohnungen. Die zwei jungen schlanken Ulmen, die am Eingang des Anwesens wuchsen und die Zuwegung zur Schäferei markierten, waren ihnen beiden besonders ans Herz gewachsen. Sie sollten ihrer beider Namen tragen, Friedrich und Margarethe, sie sollten groß und stark werden und die Zeiten überdauern bis nach ihrem Tode ihre Kinder und Kindeskinder einmal das Gut übernehmen würden. So sprach Friedrich damals feierlich, als er Margarethe zum ersten Mal hierher geführt hatte, denn insgeheim war ihm der Stell zum Lieblingsort seines ganzen Anwesens geworden. Das war nicht zu verwundern, waren doch die Schafherden von allergrößter Wichtigkeit für die junge wissenschaftlich geführte Landwirtschaft des Ökonomen Lameyer und bildeten den Grundstock zur Sicherung seiner Existenz. Welche Faktoren bei der Tierhaltung wesentlich waren und wie ihr Dung am vorteilhaftesten einzusetzen war auf den verschiedenen Böden, um die besten Ernteerträge zu erzielen, darüber hatte Albrecht Daniel Thaer ebenfalls schon Forschungen betrieben und Schriften verfasst. Moderne Ökonomen, und als ein solcher war Friedrich Lameyer anzusehen, berücksichtigten diese Erkenntnisse und arbeiteten danach. Der Handel mit dem Getreide aber, das sie hoffentlich in Überschüssen erzielen würden, sollte eine ebenso wichtige Einnahmequelle für das Gut werden. Es sollte in Städte wie Bremen und Verden, ja selbst bis hinauf nach Lüneburg oder gar Hamburg verkauft werden.

Die Tage, Wochen und Monate auf Trochel vergingen für Friedrich und Margarethe wie im Fluge. Es war ein freudiges Mühen vom Sonnenaufgang bis zu ihrem Untergang, ganz gleich, ob es sich um die Aussaat im Frühjahr, das Beobachten der jungen Pflanzen während der Monate ihres Wachstums oder das Bangen um Regen und Sonne zur rechten Zeit handelte.
Endlich stand die Getreideernte bevor. Sie einzubringen, erforderte die Kraft aller auf Trochel. Aber der Erfolg machte sie stolz und glücklich, und an dem ersten Verkaufserlös ließ Friedrich großzügig auch seine Leute bescheidenen Anteil nehmen. Die Säcke mit den reifen Getreidekörnern erinnerten Margarethe dabei immer wieder an die Windmühle des Müllers Brinkama in ihrem Heimatort. Solche Windmühlen waren hier in der Umgebung von Brockel noch unbekannt. Selbst das Getreide, das sie zu ihrer eigenen Versorgung benötigten, musste zum Mahlen umständlich zur weit entfernt gelegenen Wassermühle nach Lünzen transportiert werden. Ja, es war noch nicht alles so, wie es ihren Vorstellungen entsprach. Aber vielleicht würde es gar nicht lange dauern, bis man einen Windmüller überredet hätte, sich hier anzusiedeln. Margarethe und Friedrich hatten noch viele Pläne, um ihr Anwesen auszugestalten und zu modernisieren. Doch es ließ sich nicht alles sofort umsetzen und verwirklichen. Auch mit dem bisher Erreichten waren sie mehr als zufrieden, zumal Margarethe ihr zweites Kind erwartete.

Nach der Weihnachtszeit und Jahreswende blieb sie in Bremen im Hause der Eltern, denn ungern wollte Maria Wieting sie während der letzten Monate vor der Geburt des Kindes dort draußen in der Heide ohne ärztlichen Beistand lassen, lag Rotenburg, wo der nächste Arzt praktizierte, doch einige Meilen entfernt. Hier in der Stadt aber war sie wieder in guter Obhut beim Chirurgus Schmidt, der in der nahe gelegenen Schlachte wohnte und Margarethe bis zu ihrer Niederkunft aufs Sorgfältigste betreute. Im März wurde ihr zweiter Sohn geboren. Es sollte ganz ein Wieting werden und den Namen ihres Vaters bekommen. Stolz hielt Lüder Wieting den kleinen Ludewig, den seine Eltern später auch zärtlich Louis nannten, im Mai des Jahres 1821 im Dom zu Bremen über das Taufbecken, als Pastor Rotermund ihm die Taufe spendete. Voller Glück, voller Träume und großer Pläne kehrte die junge Familie danach zurück in ihre neue Heimat auf dem ehemaligen adligen Landsitz in Trochel.

Die Familie des Gutsbesitzers

Wie schon der kleine Johann Mathias, gedieh auch Louis auf dem Hof in der ländlich geprägten Umgebung prächtig. Der zweijährige Johann Mathias war der Mittelpunkt des Hoflebens unter den Knechten und Mägden. In jeder Weise umsorgt und umhegt, wuchs er selbstbewusst auf. Dem kleinen Louis sollte es nicht anders ergehen. „Unsere beiden Prinzen“, wurden sie von den Mägden liebevoll genannt und es entstand oft ein Wettstreit darüber, wer die ehrenvolle Aufgabe übernehmen durfte, sie kurzfristig zu hüten, wenn das Kindermädchen aus irgendwelchen Gründen verhindert und Margarethe anderweitig beschäftigt war.

Margarethe war erleichtert darüber, dass sie sich bei der Aufsicht der Kinder so ganz auf das Gesinde verlassen konnte. Allzu oft musste sie Friedrich auf dem Hof ersetzen, der draußen auf den Feldern war, wo die Knechte sich mühten. Wollten sie auf Dauer wirtschaftlich bestehen, musste mehr Ödland in Weiden umgewandelt, mehr Bruchland zu Äckern kultiviert werden. Mühe und Schweiß kosteten diese Vorhaben, allzu schnell aber war die Natur und nahm sich das mit leichter Hand zurück, was ihr in wochenlanger, kräftezehrender Arbeit abgetrotzt worden war.

Das neue Feld, das zwischen den Steller Wiesen und der Brockeler Allee entstanden war, im Norden an die Trocheler sowie im Westen an die Brockeler Gemeinheit grenzte, war dabei Friedrichs ganzer Stolz. Im ersten Jahr hatten sie dort Klee angebaut und die Blaue Luzerne. Wie ein blaues Meer wogte es, als alles in Blüte stand. Margarethe glaubte bisher nichts Schöneres gesehen zu haben. Inzwischen war auch dort der Anbau von Roggen zu drei auf vier Teilen, bei einem Viertel Wildland also, möglich. Die reichen Kornfelder mit ihren schweren goldnen Ähren, ihren bunt leuchtenden Rändern aus rotem Mohn und blauen Kornblumen – Margarethe ging so gern an ihnen entlang, strich liebevoll über die Pflanzen hinweg oder nahm einzelne Ähren voller Andacht und Ehrfurcht in die Hand.

Gleichermaßen aber liebte sie die herbe Landschaft der Moore mit ihrem Kleid aus Zwergkiefern, Moorbirken, Kriechweiden und Ginster, die sich nur mit einem Schmuck aus Wollgras, Binsen und Moorbeeren zieren konnten. Aber im Herbst, wenn zarte Schleier aus Nebel und weißem Tau sich über sie breiteten, schien es, als wollten sie ihre Armut und Kargheit verstecken und mit Tausenden von glitzernden Perlen und Diamanten bereichern.

Und was die Heideflächen anbetraf, die öde Heide, wie ihr Vater eher abfällig zu sagen pflegte – sie konnte stundenlang neben Friedrich durch ihre Weiten reiten: Braun, struppig und unscheinbar überzog das Kraut meilenweit den sandigen Boden, bot dem Auge einen gleichförmiger Anblick, nur dann und wann durch einen Wacholderstrauch unterbrochen, der seine strauchigen Zweige gen Himmel streckte. Doch welch einen Zauber strahlten die gleichen Flächen im Spätsommer aus, wenn sich Millionen und aber Millionen von winzigen Blüten des Heidekrauts bescheiden öffneten, sich hervorwagten und es so schien, als wollten sie die ganze Welt mit lila leuchtenden Teppichen überziehen. So weit das Auge reichte, breiteten sie sich aus bis hin zum weiten Horizont, bis zu der Stunde, an der sich der Tag verabschieden musste. Doch bevor der Abend Macht bekam, um die flammenden Flächen mit seinem dunklen Samt zu überdecken, glühten sie noch einmal auf in einem unwirklichen Rot jeglicher Schattierung, schienen wie verzaubert durch den mattgoldenen Glanz der untergehenden Sonne.

Dieses Stück friedliche Erde, es war Margarethes neue Welt,

ihre Heimat geworden, in der sie sich ihrem Schöpfer so nah fühlte, so ergriffen von einem Gefühl großer Dankbarkeit für alles Leben war, dass sie aus diesem Gefühl heraus glaubte, die ganze Menschheit, die ganze Welt mit ihrer Liebe umschlingen und halten zu können.

Margarethe und Friedrich hatten sich entschieden, auch über den Winter auf Trochel zu bleiben und zum ersten Mal auch das Weihnachtsfest hier zu verleben. Sie waren mit ihrem Gesinde zu einer so fest verbundenen Lebensgemeinschaft geworden, dass sie besonders an diesem hohen Feiertag ihren Platz nur in seiner Mitte sahen und nirgends sonst. Im Lichterglanz unzähliger Kerzen erstrahlte die große frisch geschlagene Fichte und ließ die festlich geschmückte Halle des Herrenhauses noch glanzvoller erscheinen, als sich die Gutsleute und ihr Gesinde dort am heiligen Abend in frommer Eintracht zur gemeinsamen Feier versammelt hatten. Der kleine Louis, auf den Armen seiner Mutter, war dabei der Mittelpunkt des ganzen Geschehens und verfolgte das feierliche Tun schon mit wachen Augen. Wie sehr konnten Margarethe und Friedrich diese schöne Harmonie und ihr ungetrübtes Glück genießen, zumal Margarethe seit kurzem wusste, dass sie wieder ein Kind erwartete. Sie sah der Zukunft mit Zuversicht und Gottvertrauen entgegen. Das Kind sollte im August zur Welt kommen, zu einer Zeit, in der jede Hand dann draußen auf den Feldern gebraucht werden würde, denn es war hohe Erntezeit.

Als der Sommer nahte, schickte Maria Wieting unzählige Briefe nach Trochel, die immer den gleichen Inhalt hatten. Inständig bat sie ihre Tochter, sich doch zu schonen, an das Wohl des Ungeborenen zu denken und wenigstens in den letzten Wochen vor seiner Geburt nach Bremen ins Elternhaus zurückzukommen. Die werdende Mutter nahm sich kaum Zeit zum Antworten, doch lehnte sie diese Bitte fest und unverrückbar ab. Je weiter die Zeit voranschritt, je stärker und tatkräftiger fühlte sie sich. Hatte sie nicht durch die Häuslingsfrauen erfahren, welche

Selbstverständlichkeit für sie die Geburt eines Kindes war, ein Vorgang, für den sie manchmal kaum ihre gewohnte Arbeit unterbrachen? Machten die Frauen in der Stadt nicht zu viel Aufhebens darum, Aufheben, das bei der Geburt vielleicht noch manche zusätzliche Komplikation heraufbeschwor? Die Nähe zur Natur, die die Landfrauen besaßen, wollte sich Margarethe zu Eigen machen, wollte mit allen Dingen des Lebens so selbstverständlich umgehen wie sie es taten! Jetzt, zur Erntezeit, wurde sie hier auf Trochel zu jeder Stunde mehr gebraucht als während des übrigen Jahres. Nein, es war unmöglich, jetzt von hier fortzugehen.
Doch Margarethe hatte ihre Kräfte überschätzt und die ständige Überanstrengung, die sie ihrem Körper zugemutet hatte, forderte ihren Preis: Mit schrecklichen Wehen, die sehr plötzlich einsetzten, begann vorzeitig der Geburtsvorgang, der dann stockend und für die Gebärende qualvoll verlief. Die Magd Mette Hess, als geschickte Hebamme bekannt, stand ihr bei, als spät am Abend des elften Augusts der Knabe geboren wurde. Blau war seine Haut unterlaufen, zum Fürchten blau, als er sich aus dem Mutterleib gequält hatte. Hastig versuchte Mette ihn von der Nabelschnur zu befreiten, die sich um seinen winzigen Hals geschlungen und ihm das Atmen unmöglich gemacht hatte. Der erste Schrei dieses kleinen Erdenbürgers erlöste die Umstehenden von bangen Sorgen. Doch, würde das Kind überleben können?

Kaum war die Nacht vorbei, eine schreckliche Zeit mit langen, bangen Stunden, in der sich so manches Händepaar auf dem Gutshof zum Gebet gefaltet hatte, schickte Friedrich nach dem Pastoren, um das Kind taufen zu lassen. Bei der Nottaufe hielt er seinen jüngsten Sohn, dem er Vater und Gevatter zugleich war und der seinen Namen tragen sollte, fest in seinen Armen.
Die Zeit danach, sie war endlos und verging rasend schnell zugleich. Der kleine Friedrich, der Tod hatte ihn nicht gewollt, entwickelte sich, unendlich umsorgt, aus dem halben Nichts zu einem zarten Menschlein. Seine Zunahme an Gewicht, Kraft

und Größe geschah langsam aber stetig, so dass nach Jahresfrist fast aller Kummer um seine Geburt vergessen war, und auf Trochel wie selbstverständlich von den drei Prinzen des Gutsherrn und seiner Frau die Rede war.

Wollten die Großeltern ihre Enkel sehen, mussten sie sich schon hinaus bemühen in die Heide, denn für Friedrich und Margarethe war die Stadt fremd geworden. Mit Kopfschütteln reagierte Lüder Wieting und konnte es absolut nicht verstehen, dass Margarethe einem Leben hier draußen in der Einöde, abgeschnitten von jedem gesellschaftlichen Leben und abgeschnitten von Strom und Meer, den Vorzug geben konnte.

Das Blatt wendet sich ...

Kritisch und vermehrt mit stillen Zweifeln nahm der Senator dagegen die ihm zur Einsicht gereichten Unterlagen über die finanzielle Lage des Gutes zur Kenntnis. Was Margarethe nicht wusste und was Friedrich ihr angstvoll verbarg, waren die zunehmenden Verluste, die sich schleichend ergeben hatten. Schuld waren die vielen Unabwendbarkeiten, die der junge Ökonom falsch eingeschätzt hatte. In einem Jahr waren es die gefallenen Getreidepreise, in dem nächsten die schlechten Ernteerträge, die durch späte und frühe Nachfröste einmal das Getreide im Juni, zum anderen die Zuckerrüben im Herbst geschädigt hatten. Schuld war das feucht-nasse Wetter, das die Tiere krank machte und zu verheerenden Verlusten unter den Schafen führte. Und auch die Tatsache, dass Trochel von allen nennenswerten Absatzmärkten zu weit entfernt lag und die hohen Transportkosten den Gewinn um einiges schmälerten, spielten ebenfalls eine wesentliche Rolle.
Friedrich behielt diese Sorgen für sich, wollte Margarethe, die so froh und glücklich jeden Tag begann und beendete, nicht ihre Unbefangenheit nehmen. Mehr noch wollte er sich mühen, wollte versuchen, durch doppelten Arbeitseinsatz auszugleichen, was an

Schaden entstanden war. Raubbau betrieb Friedrich an seinen Kräften, indem er sich kaum noch Schlaf gönnte, bis zum Umfallen arbeitete und die Signale nach Erholung nicht wahrnahm, die sein geschwächter Körper ihm zu geben versuchte.

Schon des Öfteren hatte die Regierung die Vermessung seiner Felder angemahnt. Ja, zum Winter hin wollte er die Unterlagen dafür fertig stellen, wenn alle übrigen Arbeiten ruhten. Der Jahreswechsel kam, der Schnee lag hoch, der Frost, der eisige Wind. Friedrich schritt draußen mit dem getreuen Lünsmann und dem Vermesser die Flächen ab, *den langen Acker, den krummen Acker, die Altar-Stücke, das neue Feld, die Flachs-Wohrt, den Schäfer-Ring, Lünsmanns Hang, die Bethen, die Häuslingsgärten, den Pechterhof und endlich noch die Küchengärten.*[2] Endlich, endlich war es geschafft: Am 19. Februar des Jahres 1824 lag das Vermessungsregister der Feldmark des adeligen Gutes Trochel von ihm unterschrieben dem Amte vor.
Von der schweren Entzündung seiner Bronchien aber, die sich Friedrich Lameyer bei diesem Kraftakt zugezogen hatte, sollte er sich letztendlich nicht mehr erholen. Zwar gelang ihm ein erster Sieg über die Krankheit durch die Kunst des Arztes, der auf Bitten des Senators aus Bremen nach Trochel hinausgekommen war, doch war die Genesung nicht von langer Dauer. Sein Körper zog weitere Krankheiten an, war bösartigen Keimen aller Art schutzlos ausgeliefert. Geschwächt und fiebrig versuchte er in den folgenden Monaten unter Mühen die notwendigsten Verwaltungsarbeiten zu erledigen. Doch immer wieder wurde er aufs Krankenlager zurückgeworfen.
Wie ein böses Omen erschien es, dass fast zeitgleich auch sein Patenkind, der kleine Friedrich Lünsmann, am Keuchhusten erkrankte und dieser schlimmen Krankheit in den ersten Tagen des Frühlings erlag. Eine Mauer des Schweigens herrschte seitdem zwischen den Eltern des Kleinen und den Gutsleuten, und es gelang Margarethe nicht, sie zu durchbrechen. Mit jedem Blick gab man ihnen das Gefühl, als würden sie selbst für den Tod des Kindes verantwortlich sein. Als ob sie, von denen sich

das Glück abzuwenden begann, nun auch das Unglück auf alle ziehen würden, die mit ihnen zu tun hatten.
Margarethe litt unsagbar unter diesem Misstrauen, war verunsichert und ratlos. So wusste sie auch nicht, ob sie mit Freude oder Erschrecken reagieren sollte, als sie Anfang Mai erste Anzeichen einer erneuten Schwangerschaft spürte. Was sollte werden, wenn Friedrich nicht gesunden und alle Last auf Dauer allein auf ihren Schultern lasten würde? Würde sie die Kraft aufbringen, um neben den drei Knaben, von denen der eine temperamentvoller und willensstärker war als der andere, noch ein viertes Kind großzuziehen?
Es folgte eine Zeit zwischen Hoffen und Bangen im Kampf um Friedrichs Gesundheit, gegen die Überschuldung und den wirtschaftlichen Ruin. Die Ernte des Jahres, sie wurde ganz ohne Friedrichs Zutun eingefahren. Margarethe war es, der Kräfte erwuchsen, von denen sie nie geahnt hatte, dass sie in ihr steckten Sie musste jetzt stark sein wie nie zuvor, sie musste kämpfen um ihren Friedrich, um Trochel, für ihre drei Söhne, für sich und für das werdende Leben in ihr. So viel hatte ihr das Schicksal gegeben in den sieben Jahren, die sie mit Friedrich zusammenleben durfte. Wie aus einem Füllhorn war das Glück über sie beide ausgeschüttet worden in hohem Übermaß. Nein, sie konnte nicht glauben, dass sich das Blatt jetzt wenden sollte. Noch hatte sie Hoffnung und Zuversicht! Doch ihre Unbefangenheit hatte Margarethe ganz verloren, ernsthaft und still war sie geworden, aber gefasst. Und diese Haltung war für sie ein Segen, denn sie stand vor großen Prüfungen.

Als hätte er das Ende des Sommers noch abwarten wollen, die wichtigste Zeit für jeden Landwirt, brach Friedrich Lameyer endgültig zusammen, kaum dass der Oktober begonnen hatte. Sein Körper wurde von heftigen Fiebern geschüttelt. Zwischen nicht enden wollenden Hustenanfällen spieen seine Lungen Blut über Blut. Margarethe wurde erschreckend deutlich, dass sie Friedrich für immer verlieren würde. Noch klammerte sie sich an die letzte Hoffnung, dass ein schneller Aufbruch nach Bremen

und die Konsultation bei Dr. Schmidt Rettung bringen könnte. Sie ließ auf Trochel alles stehen und liegen, gab die Kinder in die Obhut ihrer Bediensteten und brachte den totkranken Friedrich nach Bremen, zurück ins Haus seiner Eltern am Domshof. Aber die Kunst der Ärzte vermochte noch nichts gegen diese heimtückische Krankheit der Tuberkulose auszurichten.
Nach kurzer Zeit, nachdem Margarethe qualvolle Tage und Nächte an seinem Krankenbett durchlitten hatte, starb Friedrich Lameyer in der Nacht zum 15. Oktober 1824 im Alter von dreißig Jahren. Er hinterließ drei unmündige Söhne, deren Mutter in hochschwangerem Zustand und ein tief trauerndes Elternpaar, das wie versteinert schien in seinem Schmerz. Es war Christian Lameyers traurige Pflicht, den Tod des jüngeren Bruders auf dem Rathause anzuzeigen.

Die Witwe auf Trochel

Nachdem sie von Friedrich Abschied genommen und ihn begraben hatten auf dem neuen Friedhof außerhalb der Altstadt, kehrte die junge Witwe allein nach Trochel zurück. Umsonst drängten sie Maria und Lüder Wieting, die inzwischen ihren Alterssitz in Vegesack bezogen hatten, zu ihnen zu kommen bis zur Geburt des Kindes, um dessen Leben und auch ihr eigenes nicht zu gefährden.
Doch Margarethe ließ sich nicht beirren. Mehr denn je war ihr Platz auf Trochel! Hier wurde sie gebraucht wie nie zuvor, nun, da Friedrich nicht mehr am Leben war. Sie war es ihm schuldig, dass sie jetzt allein für die Verwirklichung ihrer beider Ideale kämpfte. Wenn er körperlich auch nicht mehr bei ihr sein konnte, so war doch sein Geist und seine Seele in ihr und überall spürbar auf den Weiden und Feldern und Fluren von Trochel, in Haus und Hof des Gutes. Dabei war es Margarethe so, als wäre sie nur Werkzeug, als würde sie mit jeder Handreichung, mit jeder Verrichtung nur die Anordnung ausführen, die Friedrich ihr in innigstem Einvernehmen aufgetragen hatte zu tun.

Wohl war sie hochschwanger, doch dieser Zustand behinderte sie in keiner Weise, im Gegenteil erwuchsen ihr daraus weitere Kräfte. Sie würde durchhalten und siegen, sie würde das Gut um jeden Preis erhalten! Und so, wie jetzt Friedrichs drei Söhne und das kleine Geschwisterchen, das in diesem Winter als heller Stern sein Leben auf Trochel beginnen würde, das Gut belebten, würden weitere und weitere Generationen von Lameyers auf dem Hof folgen. Es würde alles so werden, wie sie es sich einst gemeinsam in glücklichen Tagen erträumt hatten.
Am Abend des 16. Dezembers wurde die kleine Marie geboren und in die Arme ihrer Mutter, der jungen Witwe des Gutsbesitzers Friedrich Lameyer gelegt.

Der Winter war lang und blieb hart. Klirrende Kälte und Schnee bis in den März hinein. Margarethe benötigte all ihre Kraft, um täglich der Pflichten Herr zu werden, die ihr nach Friedrichs Tod durch die Verwaltung des Gutes noch zusätzlich zugefallen waren. Und auch die kleine Marie wollte die Wärme und Zuneigung ihrer Mutter spüren neben den drei Söhnen, dem zarten, anhänglichen, doch oft kränklichen Friedrich, dem temperamentvollen, willensstarken Louis, dem wissbegierigen, ernsthaften Johann Mathias.
Am schlimmsten war die Geldnot, denn es befanden sich nie die Beträge in den Kassen, die sie zur Bezahlung der laufenden Rechnungen und Löhne benötigte. Sicher, die Familie ließ sie nicht ganz im Stich. Des Öfteren half der Senator mit einer gewissen Geldsumme aus, was die größte Not zu lindern half. Aber ganz konnte der Schwiegervater die Schuldenlast nicht übernehmen, dafür hatte er schon zu viel in dieses Anwesen gesteckt, Friedrich weitgehender unterstützt, als es Margarethe gesagt worden war. Der alternde Mann, der das 70. Lebensjahr längst überschritten hatte, war überdies wie gebrochen, wie gelähmt. Zu dem Schmerz um den Verlust seines geliebten Sohnes kam für ihn die erschreckende Erkenntnis, dass Margarethe am Ende war, dass sie das Gut nie und nimmer würde halten kön-

nen. Johann Mathias Lameyer fühlte sich unendlich enttäuscht und müde. Und nicht nur der Kummer um den toten Sohn und seine Familie bedrückten ihn. Auch die Missachtung, mit der Bürgermeister und viele Senatsmitglieder seinen Schützling, Friedrich Schröder, behandelten, hatte ihm gezeigt, dass seine Kräfte schwanden, seine Autorität aufgebraucht und alles weitere Mühen vergeblich war.
Der Senator spürte, wie er von Tag zu Tag schwächer wurde. Bald würde er nichts mehr für die Seinen tun können und von dieser Welt Abschied nehmen müssen. Er hatte es gut gemeint mit allen, besonders aber mit Friedrich und Margarethe. Dass es ein so trauriges Ende nehmen musste, es dauerte ihn unendlich, aber es zu ändern stand nicht in seiner Macht. Am Abend des 13. April 1825 legte er in Ergebenheit und Gottvertrauen sein Leben in die Hände seines Schöpfers zurück.

Die Taufe der kleinen Marie auf Trochel wurde wegen dieses traurigen Ereignisses noch einmal um einige Wochen verschoben. Doch am 12. Mai war es dann soweit! Von Vegesack aus reisten die Wietings an, von Bremen die Witwe des Senators Lameyer in Begleitung ihres jüngsten Sohnes Eduard, der seit dem Tode des Vaters nicht von ihrer Seite gewichen war. Ohnehin klein von Statur, schien sie noch schmaler geworden zu sein nach dem Verlust des Sohnes und dann des Gatten. Doch aufrecht war ihr Gang und sie tat alles, um gefasst zu wirken bei dem Wiedersehen mit Margarethe, mit der sie sich in ihrem Schmerz so eng verbunden fühlte. Und nun war da Friedrichs Kind, das er selbst nicht mehr hatte kennen lernen dürfen. Es sollte heute in der Kirche zu Brockel zur Taufe getragen werden. Es würde ohne Vater aufwachsen, aber verwaist würde es dennoch nicht sein. Drei starke Frauen boten sich an, ihm Beistand zu leisten; das kleine Mädchen wurde auf ihre Namen getauft: – Marie, Hanna, Margarethe – . Maria Wieting wiegte das Kind beim Taufakt so zart und behutsam sie nur konnte. Ihr zur Seite, rechts und links, verhüllt in tiefes Schwarz, der Farbe der Trauer, hielten sich die Senatorin und Margarethe fest an den

Händen. Ohne ein gesprochenes Wort war Verständigung da. Auch wenn das Leben für sie jetzt voller Schmerz war, so nahmen sie es doch von ganzen Herzen an. Sinn weiterzuleben, gaben ihnen dieses Kind und die drei Knaben, die bei der feierlichen Zeremonie ebenfalls zugegen waren. Der Jüngste schlief friedlich auf dem Schoß seiner Betreuerin, die beiden Älteren drängten sich, etwas verloren, an der Seite ihres Großvaters Lüder Wieting.

Länger als sonst blieben die Wietings dieses Mal auf Trochel. Maria Wieting war es gelungen, Lüder davon zu überzeugen, dass sie Margarethe nun nicht allein lassen dürften. Daheim in Vegesack musste es eine Weile ohne sie gehen. Gesina Erika, als ledige Tochter noch im Elternhaus wohnend, würde das Anwesen am hohen Ufer wohl eine Zeit lang allein so leidlich versorgen können, alt genug war sie ja und überdies konnte sie jeder Zeit die Hilfe der nahe wohnenden Verwandtschaft in Anspruch nehmen. Hier auf Trochel aber wurden sie so dringend gebraucht. Wenigstens über die Erntezeit, bis das Getreide eingefahren war, wollte Maria Wieting ihrer Tochter noch ihre mütterliche Unterstützung anbieten bei der Betreuung des Säuglings und der drei Enkelsöhne. Denn, wie auch für die Bewirtschaftung von Haus und Hof, hatte Margarethe Personal für die Kinderbetreuung einsparen müssen. Die drei Jungen aber zwischen all dem Getümmel, das sich täglich auf dem Anwesen abspielte, ohne ausreichende Aufsicht herumtollen zu sehen, beunruhigte die Großmutter, brach ihr fast das Herz.

Der Entschluss des alten Wieting

Eine gewisse Zeit lang ließ er noch mit sich handeln, dann aber gab es für Lüder Wieting kein Halten mehr. Sein Entschluss stand fest und war unverrückbar. Es war das letzte Mal, dass er den Boden von Trochel betreten hatte. Mit diesem Vorsatz kehrte er dem Gutshof seiner Tochter den Rücken noch bevor der August zu Ende gegangen war. Doch die Gedanken an das dort Erlebte ließen ihn nicht mehr los; die drückende Not, die ihm überall auf dem Gut begegnet war, schob sich, bei allem, was er jetzt tat, um sich abzulenken, immer wieder unbarmherzig in den Vordergrund seiner Gedanken.

Daneben Margarethes heroische Haltung zu erleben, ihr Hinwegsehen über alle Mängel, ihren Willen durchzuhalten, komme, was da wolle, ließen ihm die Haare zu Berge stehen und raubten ihm nächtelang den Schlaf! Lüder war sich sicher, dass Margarethe ihr letztes Hemd geben würde, um Trochel zu halten. Und insgeheim hegte er auch Zweifel, ob seine Frau in dem Fall, dass ihm etwas zustoßen würde, sich gegenüber Margarethe würde durchsetzen können. Was würde aus ihrem schönen Besitz am hohen Weserufer werden. Hatte er ein Leben lang geschuftet und gekämpft, all die durchlittenen Strapazen der Seefahrt auf sich genommen, um jetzt im Alter mit ansehen zu müssen, wie die Früchte seiner Arbeit zunichte gemacht und versilbert werden sollten, um in ein Fass ohne Boden gesteckt zu werden? Der alternde Kapitän fand keine Ruhe mehr, bis er einen Entschluss gefasst hatte, von dem er sich eine entscheidende Wende der Situation versprach.

In gewohnter Weise bezog er seine Frau in seine Überlegungen ein, doch erwartete er ihre Zustimmung ohne Widerspruch. Selbst Amtmann Wilmanns, der am elften November, dem Tage vor Margarethes Geburtstag, mit dem Gerichtsschreiber Günthersen zu den Wietings in die Weser-Straße gekommen war, um das Protokoll ihres letzten Willens aufzunehmen, war bestürzt über die konsequente Strenge, mit der Lüder gegen seine älteste Tochter vorging.

An Gesina Erika und Margarethes vier Kinder würde demnach der Besitz der Wietings nach ihrem Tode fallen, wohingegen Margarethe selbst vollkommen enterbt werden sollte. Es war Lüders Absicht, die Tochter möglichst bald von dieser Entscheidung zu unterrichten und, was Lüder Wieting sich einmal in den Kopf gesetzt hatte, wurde auch durchgeführt.

Beim Durchlesen des amtlichen Schreibens, das ihr mit Eilboten zugeschickt worden war, fühlte Margarethe sich im Innersten getroffen. Nie und nimmer hatte sie erwartet, dass ihr über alles geliebter Vater zu einem solchen gegen sie gerichteten Schritt fähig sein könnte, und ihn allein vermutete sie hinter dem von beiden Eltern unterschriebenen Dokument ihres letzten Willens. Er, der immer für sie da gewesen war, der ihr bisher jeden Wunsch erfüllt und sie immer hatte glauben lassen, dass sie das Kostbarste sei, das ihm im Leben geschenkt worden war, zerschnitt auf solche Weise das Band der Liebe zwischen ihnen beiden!

Die Tatsache ihrer Enterbung war dabei die geringste Enttäuschung. Doch warum um alles in der Welt und in Gottes Namen konnte der Vater in diesem unseligen Testament nicht darauf verzichten, die schwersten Vorwürfe gegen Friedrich zu erheben, gegen ihren Friedrich, der ihr doch auf so schmerzhafte Weise genommen worden war. Jedes Wort der Anklage gegen ihn bereitete ihr beim Lesen unsagbare Pein, stürzte sie in einen Abgrund maßloser Enttäuschung: Mit dem Kauf des Gutes soll er Schuld geworden sein an ihrem Unglück, er habe fehlerhaft gewirtschaftet und ihr dadurch nichts als Schulden hinterlassen...! Margarethe konnte die Herzlosigkeit ihres Vaters nicht fassen. Begriff er immer noch nicht, dass Friedrich und sie ebenbürtig waren, dass sie in vollkommener Übereinstimmung und Partnerschaft ihr Leben aufgebaut hatten und es ihr gemeinsamer Wille gewesen war, dieses Gut zu besitzen und es zu bewirtschaften?

Wenn nicht weitere Briefe von Maria Wieting gefolgt wären, in denen sie immer wieder beteuerte, wie schwer es ihnen als Eltern gefallen sei, dieses Testament zu unterschreiben, wie sehr ihnen aber Margarethes hartes Schicksal das Herz bräche und, dass es ihnen nur darum ginge, ihr die Augen zu öffnen, damit sie nicht weiter blind in ihr und ihrer Kinder Verderben liefe, sondern sich endlich besinnen und vom Gut trennen möge, ja, wenn diese Briefe nicht gekommen wären, Margarethe hätte sich das Schlimmste antun können.

Doch durch die wohlwollenden Worte der Mutter, mit so viel Sanftmut und Liebe geschrieben, wurde ihr Herz nach und nach ruhiger. Es gelang ihr, Stolz und Widerstand aufzugeben und die realen Gegebenheiten anzuerkennen, sich innerlich damit abzufinden, dass sie das Gut trotz aller Anstrengungen und Entbehrungen nicht länger würde halten können.
Letztendlich war sie es selbst, die den gerichtlichen Verkauf bei der königlich-britannischen Justiz-Kanzlei in Stade freiwillig beantragte und den Text der Annonce in den Hannoverschen Anzeigen vom 20. Mai 1826 zum öffentlichen Verkauf aufgab: *„... dem Freunde ländlicher Schönheit gewährt Trochel durch seine Lage und geschmackvoll angelegten Partien einen reizenden Aufenthalt,"* hieß es darin, und weiter, ... *„vier hohe Eichen- und Lindenalleen, die in der Mitte von einem großen Rondell ausgehen, durchschneiden das ganze Gut. Der Hof ist von Gärten, Wiesen, Feldern und Gehölzen umgeben, die in englische Anlagen vertheilt und von schattigen Lustgängen begrenzt sind. Man wird nicht leicht ein Gut finden, wo neben der Sorge für das Nützliche, so viel als auf Trochel, für die äußere Verschönerung gethan ist."*[3] Margarethe las die ihr so vertraute Beschreibung mit Wehmut und Stolz zugleich in dem Journal. Ja, genau, wie es dort stand, so war ihr Trochel, so hatte sie das Gut geliebt, so wollte sie es in neue Hände geben.

Es war der Kriegsrat von Hattorf, der das Gut ersteigerte. Zwar musste Margarethe nun ihren ganzen Grundbesitz hergeben, aber dieser Schritt befreite sie von sämtlicher Schuldenlast. Lüder Wieting war mehr als erleichtert über diese neuerliche Entwicklung, ja, er fühlte sich jetzt von allen Höllenqualen befreit: Nichts in seinem bisherigen Leben hatte einen so tiefen Schmerz in sein Herz gegraben wie der Entschluss, seine Lieblingstochter Margarethe von ihrem Erbe ausschließen zu müssen. Nun, da sich die Verhältnisse ändern würden, Trochel aufgegeben war und Margarethe sogar nach Vegesack zurückkehren würde, stand einer Aufhebung ihrer Enterbung nichts mehr im Wege.

Welche Last wurde dadurch von seiner Seele genommen! Kaum, dass die ganze leidliche Sache abgewickelt war, bestellte Lüder Wieting Amtmann und Gerichtsschreiber erneut zu sich und ließ das Testament zugunsten von Margarethe in der Form ändern, dass sie nach dem Tod der Eltern gleichberechtigt neben Gesina und den Enkelkindern am Erbe beteiligt werden sollte.

Der eine Schritt war getan, der andere stand bevor: In der Weserstraße musste man enger zusammenrücken. In Trochel galt es zu packen, persönliche Dinge, etwas Mobiliar. Alles konnte nicht mitgenommen werden, denn dafür fehlten in Vegesack die großzügigen Räumlichkeiten. Manches wollte der Nachbesitzer übernehmen und es wurde ihm unter Wert überlassen. Trennung von lieb gewonnenen Gegenständen stand an, dann, am Tage des Abschieds, von Menschen, die einem ans Herz gewachsen waren, vom Hof, den Gärten, der Landschaft. Margarethe schaute sich nicht um. Sie hielt die Jüngste auf ihrem Schoß fest umschlungen und vermied es, dem Blick ihres ältesten Sohnes zu begegnen, der ernsthaft und still, die Augen fragend auf sie gerichtet, ihr in der Droschke gegenüber saß.
Durch die Unbekümmertheit von Louis aber, der den jüngeren Bruder im Scherze bald knuffte und kniff, sich mit ihm zu necken und zu balgen begann, sodass sie gezwungen war, schlichtend und beruhigend einzugreifen, wurde Margarethe deutlich, dass es für sie und die Kinder ein Leben auch „nach Trochel" geben würde.

Teil 2

Margarethes Heimkehr

Der Umzug Margarethes nach Vegesack war nicht im Sinne der Senatorin und, wenn es nach ihr gegangen wäre, hätte sie diesem Plan auf keinen Fall zugestimmt. Auch in ihrem Hause wäre für die Witwe ihres Sohnes und seine hinterbliebenen Kinder genügend Platz gewesen, denn die Villa am Domshof mit den drei Etagen und entsprechend vielen Räumen war nach dem Tode des Senators für sie selbst und den noch unverheirateten jüngsten Sohn Eduard viel zu groß geworden. Allzu gern hätte Hanna Lameyer die vier Enkelkinder in ihrer Nähe gehabt, nicht nur aus persönlicher Zuneigung, sondern auch, um mehr Einfluss auf ihre Erziehung und ihren Werdegang nehmen zu können; gehörten sie als jüngste Nachkommen des alten Kaufmannsgeschlechts doch hierher, in die Mitte der ehrwürdigen Hansestadt Bremen, in der sie einmal das Erbe ihrer Vorväter übernehmen sollten, das immer noch beträchtlich war. Auch die Heranführung der Enkel an die traditionellen Ehrenämter der Familie wie die Domdiakonie oder die Verwaltung ihrer wohltätigen Stiftung lag der Senatorin am Herzen. Doch sie wusste, dass sie gegen die Entscheidung ihrer Schwiegertochter und deren Vater wenig ausrichten konnte. Allzu eng war die Bindung zwischen beiden und die emotionale Abhängigkeit Margarethes von ihren Eltern. Spätestens aber, und dieser Gedanke tröstete sie, würden die Enkelsöhne nach der allgemeinen Schulausbildung und Konfirmation Vegesack verlassen müssen. Der Besuch der Handelsschule am Eschenhof und die Ausbildung zum Kaufmann, entweder in den Firmen der Onkel Christian Jacob und Eduard Lameyer oder bei Jonas Pfeiffer, dem Mann ihrer jüngsten Tochter Anna Juliana, würde es mit sich bringen, dass die Jungen bei ihren Familienangehörigen in der Stadt wohnen müssten. Spätestens zu diesem Zeitpunkt würde deren Einfluss unweigerlich an Bedeutung gewinnen. Jetzt aber schon Streit und Auseinandersetzungen um den Aufenthaltsort der Enkel herbeizuführen, war das Letzte, wozu man sich in ihren Familien hätte hinreißen lassen und dennoch war es wichtig, ein wachsames Auge darauf zu richten, wie Margarethe ihr Leben in Zukunft gestaltete und die Verbindung zu ihr nach Vegesack eng zu halten.

Inzwischen hatte die junge Witwe in Vegesack erste Tuchfühlung mit den Menschen bekommen, mit denen sie in Zukunft wieder zusammenleben sollte. Durch jede neue Begegnung aber wurde ihr deutlich, dass es sie mehr Kraft kosten würde, hier wieder Fuß zu fassen, als sie es sich vorgestellt hatte. Obwohl sich der Ort in den letzten Jahren weiterhin beträchtlich vergrößert hatte, sich durch den Zuzug mancher Bremer zu wandeln begann und ein städtisches Gesicht bekam, so war die ländliche Prägung mit kleinbürgerlichem Milieu doch noch vorherrschend und bestimmend. Neugierde, manchmal gar heimliche Schadenfreude wurde Margarethe entgegengebracht. Zu hoch hinaus hätten die Wietings wollen, erzählte man sich. Nun sei man vom Kopf auf die Füße gefallen, nun sei Lüders Älteste wieder da, reumütig ins Elternhaus zurückgekehrt, anscheinend mittellos, aber mit vier unmündigen Kindern! Selbst von ihrer Schwester Gesina Erika musste sich Margarethe manch spitze, verdeckte Anspielung gefallen lassen. Doch sie bemühte sich, diese zu überhören, trug der vom Leben bisher so wenig Bevorzugten nichts nach. Schon die dreißig überschritten, hatte Gesina bisher keinen Mann für sich interessieren können, so dass die erhoffte Eheschließung ausgeblieben war und die Chancen für eine solche von Jahr zu Jahr geringer wurden.

Für Lüder Wieting hingegen brach mit Margarethes Rückkehr ein Lebensjahr an, das zu seinen schönsten zählen sollte. Noch konnte er nicht ahnen, dass es auch sein letztes sein würde. Obwohl er sich viel Zeit für seine drei Enkelsöhne nahm und alles tat, um ihnen den Vater zu ersetzen, so war doch keinem entgangen, dass er besonders in seinen Enkel Louis vernarrt war, sein Patenkind. Er hoffte, Louis so weit beeinflussen zu können, dass er einmal in seine Fußstampfen treten und die seefahrerische Tradition der Wietings fortsetzen würde. Lüder Wieting gab sich alle Mühe, den Kleinen zu unterhalten, ihn zu belehren und ihm tausend interessante Geschichten aus seinem reichhaltigen Kapitänsleben zu erzählen, wobei Louis nicht aufhören konnte, ihm zuzuhören und den Großvater immer wieder zur Schilderung seiner aufregendsten Abenteuer zu animieren.

Wie oft nahm Lüder den Knaben an die Hand und marschierte mit ihm die Buchtstraße hinunter zum Hafen, um Louis in die vielen Dinge einzuweihen, die der Spross eines alten Seefahrergeschlechts zu erfahren ein Anrecht hatte und die zu wissen für ihn gleichzeitig ein Muss waren. Gelegentlich machten sie diesen Weg sogar zu dritt, denn auch seinem zweiten Patenkind, dem jüngsten Sohn seines Bruders Cord, fühlte sich der alte Kapitän erzieherisch verpflichtet. Als Nachkömmling und Nesthäkchen in eine Familie hineingeboren, in der die älteren Brüder schon selber zur See fuhren, langweilte sich Louis zu Hause oft übermäßig, so dass er die Besuche beim Onkel Lüder in der Weserstraße mehr als genoss. Hier gab es gleichaltrige Kinder und die ältere Generation hatte die Muße, sich um sie zu kümmern. „Door kummt Lüder mit siene beiden lütten Ludewigs!" raunten sich die Gäste im Havenhaus schmunzelnd zu, wenn er mit den zweien an dem honorigen Gasthof vorbeiging und auf den Hafen zusteuerte.

Die Knaben nahmen die Erzählungen von der Weser, den Schiffen, den Meeren, von Amerika und der weiten Welt tief in sich auf. Sie entfachten in ihnen die Sehnsucht nach der unbekannten Ferne. Und, als sie an jenem herbstlichen Tag im Oktober erfuhren, dass aus dem versprochenen Besuch auf Sagers Werft nichts werden würde, wo man sich gemeinsam vom Fortschritt der Arbeiten an der Brigg Anna überzeugen wollte, als man ihnen stattdessen mitteilte, dass der alte Kapitän auf seine letzte Reise gegangen war, von der er nie mehr zu ihnen zurückkehren würde, da stand für Louis Wieting und den jüngeren Louis Lameyer längst fest, dass sie einmal Schiffskapitäne werden würden wie ehedem die wietingschen Brüder Arend, Lüder und Cord.

Aber nicht nur für diese beiden Schützlinge bedeutete der Tod von Lüder Wieting einen herben Verlust. Von Margarethe musste Maria Wieting mühsam lernen, damit zu leben. Den Schmerz, der sie jetzt zerriss, nach dem Tod des Mannes, dem sie ein Leben lang so eng verbunden war, hatte die Tochter längst durchleben und durchleiden müssen. Sie wurde ihr Stütze, Freundin und Beraterin zugleich. Ungewohnt, in den wesentlichen Dingen des Lebens eigene Entscheidungen zu treffen, vertraute Maria Wieting nun ganz auf Margarethes starke Persönlichkeit, und je älter und gebrechlicher sie wurde, desto inniger wurde das Verhältnis zwischen ihnen beiden.
Da aber das Wort einer Frau in der Öffentlichkeit noch wenig zählte in jenen Tagen, so wurde der Onkel Arend aus der Buchtstraße vorgeschickt, wenn es galt, bei der Obrigkeit oder vor den Herren, die in der Kirchengemeinde das Sagen hatten, Gehör zu finden. Arend war nun der einzige, der von den drei Brüdern noch am Leben war, denn auch Cord hatte wenige Monate nach dem Tode Lüders das Zeitliche gesegnet. Doch trotz seines Alters war Arend kraftvoll und durchsetzungsfähig geblieben, hatte nicht nur die Zügel in der eigenen Familie fest in der Hand, sondern auch sonst im öffentlichen Leben in Vegesack in den meisten Angelegenheiten ein entscheidendes Wort mitzureden. Das Vermögen, das er sich als Kapitän zusammengespart hatte, war in Grund- und Hausbesitz klug angelegt. Zusätzlich sicherte die gut gehende Bäckerei, in der der gleichnamige Sohn die rechte Hand des Vaters war, Einkommen und Wohlstand nahezu krisensicher.
Wie sehr hatte sich Vegesack seit den Kindheitstagen von Margarethe verändert, ja, selbst in den wenigen Jahren, die seit ihrem letzten Besuch hier kurz vor ihrer Hochzeit und der jetzigen Heimkehr vergangen waren! Zwar waren die Schifffahrt und damit der rege Betrieb im Hafen etwas zurückgegangen, aber der Schiffbau, das Gewerbe und der Handel blühten üppiger denn je. Die Bevölkerung des Fleckens hatte sich mehr als verdoppelt und wuchs noch ständig an. Viele neue Wohnhäuser waren entstanden an den alten sowie an neu erbauten Straßen,

von denen manche schon mit ordentlicher Pflasterung ausgestattet waren. Unzählige Handwerksbetriebe, Läden mit Gewürzen und Kolonialwaren machten mit ihrem reichen Angebot deutlich, dass es den meisten Einwohnern an Geld für die verschiedensten Dienstleistungen und Waren nicht mangelte. Die Verkehrswege nach Blumenthal und Bremen hin waren verbessert worden, ja, es gab sogar einen regelmäßigen Fährverkehr über die Weser nach Lemwerder und damit eine Anbindung ans Oldenburger Land.
Auch durch den Kirchbau und damit die Anerkennung als eigenständige Kirchengemeinde, mit dem weit über die Grenzen Vegesacks hinaus geachteten Prediger Hasenkamp, hatte der Flecken an Bedeutung gewonnen. Ein großer Teil der Ödfläche von Neu-Vegesack war in den Besitz der Kirche gekommen, die dieses Land gut zu vermarkten wusste. Jürgen Gleistein ließ sich dort, am Ende der Oststraße, eine Reeperbahn für die Produktion von Seilen und Tauen bauen, die in der Schifffahrt zu Hauf benötigt wurden, und gleich gegenüber, auf dem höchsten Punkt der Kirchheide, hatte sich der ehemalige Kapitän Gerhard Luyties ein Grundstück für seine Windmühle reservieren lassen. So gab es nun neben Jacob Brinkama einen zweiten Windmüller in Vegesack. Ein neues Gemeinde- und Schulhaus war neben der Kirche in der Oststraße entstanden sowie ein Armenhaus gegenüber von Luyties Mühle in der Langenstraße.
Sehr zum Leidwesen des Amtmanns und des Pastoren wurde in den vielen Gaststätten von der Bevölkerung aber auch reichlich Geld für Tanzveranstaltungen, Amüsement und Branntweinkonsum ausgegeben. Nur durch starke Reglementierung und Konzessionszwang konnte die Flut der Neueröffnungen von Schankbetrieben überhaupt noch eingedämmt werden.

Albrecht Roth war weder dem Ruf Goethes an den Hof nach Weimar noch dem an die Universität Erlangen gefolgt, sondern seinem Vegesack treu geblieben. Er bewohnte jetzt mit seiner dritten Frau, die kaum älter als Margarethe war, das so vertraute Haus am hohen Weserufer. Wie die erste, so war ihm auch die

zweite Frau durch den Tod genommen worden. Sie hatte ihm aber zwei Kinder geboren, Kinder, nach denen sich der Doktor so lange gesehnt hatte. Auch seine dritte Ehe mit der jungen Tochter des Advokaten Steinberg aus Taben bei Beverstedt war mit Kindern gesegnet worden. Nun wuchsen alle gemeinsam und in schöner Harmonie bei dem Doktor auf. Trotz seines fortgeschrittenen Alters war Albrecht Roth weiterhin als Arzt tätig, wobei er gleichzeitig mit großer Intensität seine botanischen Forschungen betrieb. Um seine Studien finanzieren und veröffentlichen sowie Frau und Kinder standesgemäß unterhalten zu können, war er allerdings genötigt, einen Teil des Bodens, der ihm einst vom englischen König für die Anlage seiner Gärten geschenkt worden war, wieder zu veräußern. Nur so war der Bremer Senator Fritze zu seinem großzügig bemessenen Grundstück mit dem unvergleichlich schönen Weserblick gekommen, wo sich seine Familie in dem neu erbauten Sommerhaus ausgezeichnet zu erholen wusste. Ebenso gelang es dem Leinenhändler Georg Mooyer, sich in der Weserstraße ein Grundstück für eine reizvolle Sommerresidenz zu sichern wie auch manchen anderen gut betuchten Bremern.
Wer sich diesen Traum von einer eigenen Villa jedoch nicht erfüllen konnte, der quartierte sich wenigstens während der Ferien mit seiner Familie in einem der hübschen Kapitänshäuser Vegesacks ein. Dabei genossen die Gäste bei Fahrten mit dem Dampfschiff das reizvolle Weserufer bis hinauf nach Farge und Brake. Die Schönheit der hügeligen Landschaft von Schönebeck und Platjenwerbe dagegen konnten sie bei Ausflügen über Land mit der offenen Pferdekutsche am besten auf sich wirken lassen. Mancher Witwe sicherte diese Vorliebe der Städter die Existenz und trug darüber hinaus zu einem allgemeinen Anstieg des Wohlstands in dem Flecken bei.

Schon im Jahre 1817 hatten maßgebliche Vegesacker Bürger wie Jürgen Sager, Albrecht Roth, Jacob Brinkama und manche andere durch die Einstellung eines befähigten Privatlehrers auf ihre Kosten für eine gehobene Schulausbildung ihrer heranwachsenden Söhne gesorgt. Der von ihnen ausgewählte Lehrer hieß Isaak Hilken und zählte vordem in seiner Jugend zu den begabtesten und außergewöhnlichsten Schülern am „Gymnasium illustre“ in Bremen. Eine bessere Wahl hätten die Väter nicht treffen können und so war auch Margarethe beruhigt, dass ihr ältester Sohn Johann Mathias gleich nach dem Umzug von Trochel und noch vor Eröffnung der ersten kleinen Lateinschule in Vegesack durch Hilken Unterweisungen in den alten Sprachen, in Mathematik und Geographie erhalten konnte, die selbst den Ansprüchen der Senatorin und ihrer Bremer Schwager zu genügen schienen.

Die jüngeren Söhne Louis und Friedrich sollten dagegen bald die Schule der unierten Kirchengemeinde an der Oststraße besuchen. Sie war im Jahre 1822 erbaut worden und der erste hier tätige Lehrer, der sie seither wesentlich geprägt hatte und sich nach wie vor allgemeiner Beliebheit erfreute, war der aus dem Niederblockland stammende Heinrich Karstendiek. Seine Ehefrau Anna-Metta, geborene Huntemann, war Margarethe schon in früheren Jahren begegnet. Als die Wietings in Bremen gewohnt hatten, war Margarethe gemeinsam mit der Tochter des Küpermeisters Huntemann in der St. Ansgarii-Gemeinde aufgewachsen.

Ja, selbst die Lehrerin Anna Holtzschue, geborene Osenius, die nach ihrer unglücklichen Ehe mit einem Hamburger Kaufmann als Leiterin ihrer privaten Spiel- und Elementarschule in Vegesack wieder Fuß gefasst hatte, kam vordem aus Bremens Neustadt und war für Margarethe keine Unbekannte. Ihrer Obhut sollte sie bald die kleine Marie anvertrauen, die bei Madame Holtzschue im Kreise manch anderer Vegesacker Mädchen spielerisch in die Welt erster Zahlen und Buchstaben eingeführt wurde.

Inzwischen waren mehr als zwei Jahre vergangen, dass Margarethe an den Ort ihrer Kindheit zurückgekehrt war. Die Leute hatten sich an sie und die Kinder gewöhnt. Ihre Neugierde hatte nachgelassen, das besondere Interesse an ihnen war erloschen. Die junge Witwe hatte auch wenig Anlass geboten, sich über sie zu ereifern und es so ihren Mitbewohnern leicht gemacht, sie zu akzeptieren. Fast schien es so, als sei sie nie fort gewesen und Margarethe begann dieses Eingebundensein neu zu genießen: Das Eintauchen in die auf irgendeine Weise doch so vertraut gebliebene alte Heimat auf dem hohen Weserufer wirkte wie Balsam, vermochte die erlittenen Schmerzen und Verletzungen ihrer Seele zu heilen. Wie eh und je war sie bald wieder von einem Gefühl vollkommener Geborgenheit erfüllt beim Anblick des weiten Landes und des Stroms, dessen Gezeiten in ihrem beständig wiederkehrenden Gleichmaß sie an die Unendlichkeit der Schöpfung erinnerten, in die sie alles endliche irdische Leben so harmonisch eingebunden sah.

Was ihr das Einleben besonders erleichtert hatte, waren die Begegnungen mit ihren Freundinnen aus Kindheitstagen: Da waren die Kapitänsfrau Johanne Havighorst, geborene Haeslop, die Frau des Kirchendiakons Gesina Koch, geborene Fehnemann, die Frau des Apothekers, Gesina Stümcke, geborene Deetjen, Bernhardine Günthersen, geborene Wenke sowie die Töchter des Hafenmeisters Tölken, Anna und Metta Lucie; sie alle waren ihr gut vertraut, nur, wie sie selber, eben älter und erwachsen geworden. Selbst Engel Brinkama, an deren Geburt sie sich noch so genau erinnern konnte als wäre sie gestern erst geschehen, stand kurz vor ihrer Hochzeit mit dem Kapitän Blasius Sager, dem ältesten Sohn des Werftbesitzers Jürgen Sager und seiner Frau Lucia. Wie sehr freute sie sich auf einen baldigen engeren Kontakt zu ihr, denn Engel würde nach ihrer Heirat ins Haus der Schwiegereltern in die Buchtstraße ziehen!
Überhaupt fehlte es Margarethe an geselligem Umgang nicht. In den folgenden Jahren verheirateten sich die wietingschen Cousins und Cousinen mit Partnern, die aus den umliegenden preußischen Gemeinden kamen oder gar aus der Stadt, so dass manches neue Gesicht in Vegesack auftauchte.
Vegesack hatte einen guten Ruf bekommen als Wohnort, aber auch als ein Flecken, an dem sich das Geschäftleben viel versprechend entwickelte, was manchen Bremer Kaufmann veran-

lasste, sich hier niederzulassen. Zu diesen Neubürgern, die das Gesicht der Vegesacker Gesellschaft entscheidend veränderten, gesellte sich unter anderen der Eisenfabrikant Uhthoff in der Bremer Straße mit seiner gebildeten Frau Christiane, die aus dem westfälischen Hörde stammte. Und auch der zweiten Frau des verwitweten Bremer Weinhändlers Cornelius Bechtel, der aus Oldenburg gebürtigen Sophie Gether, gefiel es in dem beschaulichen Vegesack über alle Maßen gut. Sie sorgte dafür, dass der ständige Aufenthaltsort der Familie sich immer mehr von Bremen hierher verlagerte. Als unmittelbare Nachbarin von Margarethe, denn das Haus der Bechtels, am Ende der Breitenstraße, lag ihrem ja schräg gegenüber, bekam sie engen Kontakt zu ihr, wie bald auch zu mancher anderen Vegesackerin. Wesentlich jünger als ihr Gatte, der geschäftlich überaus erfolgreich und daher in seiner Firma zeitlich sehr engagiert war, tat Sophie Bechtel dieses Eingebundensein in eine vertraute Gemeinschaft gut, denn die Eltern und die ferne Oldenburger Heimat wurden von ihr doch noch immer recht schmerzlich vermisst.

Selbst Senator Fritze und seine Frau waren Margarethe wohl bekannt. Als Tochter von Senator Johann Vollmers war Anna Kunigunde Fritze mit ihren Eltern schon zu Margarethes Bremer Zeiten häufig bei den Lameyers am Domshof zu Gast gewesen. Mit ihrer jüngeren Schwester Lucie gar hatte Margarethe in der Singakademie an vielen Abenden Seite an Seite gestanden und die Liebe zu geistiger Musik geteilt.

Trotz des Eingebundenseins in Vegesack war es selbstverständlich, dass Margarethe die Verbindung zu Friedrichs Familie in Bremen weiter aufrecht hielt. Anna Juliane, Friedrichs Lieblingsschwester, war ihr dabei in all den Jahren eng verbunden geblieben und genoss ihr Vertrauen wie keine andere aus der weitläufigen Bremer Verwandtschaft. Wegen der räumlichen Trennung hatten oft Briefe persönliche Begegnungen ersetzt: In Zeiten der Freude als Anna Juliane den Kaufmann Jonas Pfeiffer kennen und lieben gelernt hatte, ließ sie Margarethe auf diese Weise an ihrem Glück teilnehmen, in Zeiten der Trauer, nach dem Tod des Bruders, hatte sie vergeblich versucht, Margarethes Schmerz durch tröstende Zeilen zu lindern. Anna Juliane gelang es am besten, Margarethe mit den Kindern zur Teilnahme an jeder weiteren Familienfeier zu bewegen, die am Domshof, in der Grünenstraße oder bei den Pfeiffers in ihrem Haus am Markt stattfand. Ausreden wegen des umständlichen Reiseweges ließ sie nicht gelten. Das Dampfschiff von Friedrich Schröder verkehrte zwischen Schlachte und Vegesack mit ziemlicher Regelmäßigkeit, auch, wenn sich die Ankunftszeiten wegen der Versandung des Flusses dann und wann um einige Stunden verzögerten. Und der Weg, die Buchtstraße hinunter bis zum Anleger, war ja nun wirklich ein Katzensprung!

Ein besonderes Ereignis, bei dem man sich wiedergesehen hatte, war dabei die Hochzeit des Schwagers Eduard mit der gleichaltrigen Christiane Wilckens im Jahre 1828 gewesen: Die Braut war aus gutem Hause, war Enkelin des Senators Meyer und Tochter des verstorbenen angesehenen Kaufmanns Heinrich Wilckens, eine standesgemäße Verbindung also. Die Brautleute kannten sich seit Kindheitstagen und hatten sich schon vor geraumer Zeit die Ehe versprochen, womit ihre Familien überaus einverstanden waren. Es sollte geheiratet werden, sobald Eduards Firma auf soliden Füßen stand.

Nun war es endlich so weit, es war Frühling, es war Mai, es wurde ein unvergesslicher Tag! Wie sehr hatten alle Familienmitglieder das Wiedersehen in dem so fröhlichen und festlichen Rahmen genossen. Die Senatorin umringt von allen vierzehn Enkelkindern, angefangen von der jüngsten drei Monate alten Margaretha bis zu der zwölfjährigen Dina. Wie bei jeder Familienzusammenkunft, gehörte auch an diesem Tag dem neunjährigen Johann Mathias die ganze Aufmerksamkeit seiner Großmutter. Gerade deshalb aber wurde er von den anderen Jungen der Familie kritisch beobachtet. Das Kleeblatt der „1821 Buben“, wie man die drei Cousins Julius Hartmann, Louis und Johann Mathias Ludwig wegen ihres gemeinsamen Geburtsjahres spaßhaft nannte, machten ihm das Leben oft nicht leicht. Bei ihren beliebten Fangspielen durchs Haus jagten sie den „Kronprinzen“

mit Vorliebe die Treppen hinauf bis zum Dachboden, wo ihm keine Möglichkeit des Entkommens mehr blieb. In dieser ausweglosen Situation gelang es den dreien nicht selten, Johann Mathias mit vereinten Kräften niederzuringen und sich an ihm für die entgangenen Vergünstigungen zu rächen, die er als Erstgeborener immer wieder genoss, die ihnen, als Nachgeborene, aber ständig entzogen wurden, wie sie meinten. Konnte sich der Älteste aber ihren Balgereien geschickt entziehen, dauerte es nicht lange, bis die drei Jungen ihre überschüssigen Kräfte gegeneinander richteten, um wenig später mit puterroten Gesichtern, verschwitzten Haaren und nicht selten lädierten Hemdskragen verspätet am Mittagstisch zu erscheinen.
Heute, am Tag von Eduards Hochzeit, verzichteten selbst sie auf das Raufen und ließen sich vom Großonkel Thorspecken in der Bibliothek durch einige Bildbände fesseln, deren Inhalt er ihnen, wie gewohnt, wortreich und stimmgewaltig, spannend vorzutragen wusste. Die jüngeren Cousinen, Marie also, Emma Conradine und Susanna Margaretha, an diesem feierlichen Tag in zartrosa Seide gekleidet, hatten vor der kirchlichen Trauung den Weg der Braut mit Blumen bestreut. Noch innig berührt und beseelt von dem Erlebten, saßen sie jetzt gemeinsam andächtig und verhalten vor dem mit so vielen Stuben versehenen fast mannshohen Puppenhaus in dem ehemaligen Spielzimmer ihrer Tanten. Die Kinder waren so sehr in ihr Spiel versunken, dass sie die Anwesenheit ihrer Großmutter kaum wahrnahmen, die sich zu ihnen gesellt hatte und ihnen nachdenklich zusah. Die Senatorin dachte an die neu geschlossene Verbindung zwischen Eduard und Christiane, in die sie große Hoffnungen setzte. Baldiger Nachwuchs für die beiden, wie es ihr sehnlichster Wunsch war, würde die Familie noch weiter vergrößern und stabilisieren. – Dass diese Ehe kinderlos bleiben würde, wer hätte die Enttäuschung, die nicht nur allein für das junge Paar damit verbunden war, am Tage seiner glanzvollen Hochzeit schon vorausahnen können!

Das Erbe

Dem Himmel sei Dank, hatte sich auch für Gesina Erika mit Christian Wedemeyer, einem kürzlich verwitweten Steuereinnehmer aus dem Amte Blumenthal, noch ein Bräutigam gefunden. Gesinas Verhalten war in den letzten Jahren zunehmend durch Unzufriedenheit geprägt und durch Unnachsichtigkeit dem frohen Lärmen und Leben gegenüber, das, bedingt durch die vier lebhaften Lameyer-Sprößlinge, im Haus an der Weserstraße ständig herrschte. So war es gut, dass sie endlich einen eigenen Hausstand gründen konnte. Im Januar des Jahres 1830 wurde ihre Hochzeit in bescheidenem Rahmen gefeiert und Gesina Erika folgte ihrem Gatten bald an den Ort seiner neuen Anstellung. Wie von Lüder Wieting testamentarisch festgelegt, bekam Erika die gleich hohe Mitgift wie einst Margarethe. Darüber hinaus war es Wedemeyer, der in finanziellen Fragen genauestens bewandert war, anscheinend auch gelungen, einen Ehevertrag auszuhandeln, der ihn in jedem Fall an Gesina Erikas Erbansprüchen auf den Grundbesitz in der Weserstraße teilhaben ließ.

Lange Zeit hatte Maria Wieting sich über gewisse Andeutungen, die ihr in dieser Sache zugetragen wurden, keine Gedanken gemacht. Doch, als sich Nachwuchs in dieser Ehe nicht einstellen wollte, als Gesina Erika zunehmend kränkelte, auch über Unstimmigkeiten zwischen ihr und Wedemeyer in verschiedenen Briefen berichtete, war sie und die ganze Verwandtschaft höchst beunruhigt. Dazu kam, dass es auch um die Gesundheit von Maria Wieting nicht zum Besten stand. Seit dem Tod der geliebten Schwägerin Beta in Fähr nahmen ihre Lebenskraft, ja, ihr Mut und Lebenswille ständig ab. Nach dem Testament, das sie und Lüder vor Jahr und Tag festgelegt hatten, würde der Besitz am hohen Ufer nach ihrem Tod beiden Töchtern sowie Margarethes Kindern zufallen. Was würde nun werden, wenn Gesina Erika ein Drittel für sich erhielte und der gewiefte Wedermeyer an ihrer Seite einen Ehevertrag vorzeigen konnte, der ihm alle Rechte zubilligte, auch, wenn die Ehe kinderlos bleiben oder

Gesina gar vor ihm versterben würde? Die Familie in Bremen sah Margarethes Zukunft und die ihrer Kinder aufs höchste bedroht. Die Angelegenheit wurde bei ihren Zusammenkünften zum alles bestimmenden Thema.
Hatte man sie gedrängt oder war es Maria Wietings eigener Wille gewesen, dass der befähigte Jurist Gustav Kulenkamp, Elisabeth Lameyers Bruder also, an ihr Krankenbett gerufen wurde und ihr seinen juristischen Beistand zuteil werden ließ? Als Ergänzung zu ihrem bisherigen Testament formulierte Gustav Kulenkamp einen Zusatz, durch den es möglich wurde, dass Margarethe nach dem Tode ihrer Mutter das Grundstück und Wohnhaus in der Weserstraße neben ihren vier Kindern allein erben würde. Auch sollte keine Regelung aus dem Ehevertrag mit Wedemeyer Berücksichtigung finden und jede Partei, die diesem mütterlichen Willen nicht zustimmte, sollte ganz enterbt werden. Wohl würde Gesina Erika nicht leer ausgehen, denn es war auch noch sonstiges Vermögen vorhanden. Doch ein Zugriff auf den Besitz am hohen Ufer würde mit dieser Regelung für sie und Wedemeyer so gut wie ausgeschlossen sein.
Nachdem Maria Wieting, durch schwere Krankheit schon sehr geschwächt, im Beisein von Gustav Kulenkamp und dem Gerichtsschreiber Günthersen den besagten Zusatz unterzeichnet hatte, waren alle erleichtert und sahen der weiteren Entwicklung gelassen entgegen. Nur wenige Wochen später, im Juni des Jahres 1832, starb Maria Wieting. Als Zeuge der Familie war zur Testamentseröffnung der Schwager Eduard Lameyer aus Bremen gekommen. Es war keiner anwesend, der die Interessen von Gesina Erika vertrat.

Margarethes Zeit als Sachverwalterin und Hüterin des elterlichen Erbes am hohen Ufer begann. Sie hatte nun einen Wohlstand und eine Unabhängigkeit gewonnen, wie sie nur wenige Frauen in Vegesack zu damaliger Zeit besaßen. Ihr Ansehen war merklich gestiegen. Wohl machte ihr Witwenstand eine volle Teilhabe am gesellschaftlichen Leben unmöglich und sie konnte an bestimmten Veranstaltungen, an Bällen und Festlichkeiten z.B., nicht in dem Rahmen teilnehmen wie die verheirateten Frauen. Doch Anstrengungen, diesen Zustand zu ändern, machte sie nicht. Obwohl schon Ende dreißig, hatte Margarethe nichts von ihrer Attraktivität eingebüßt und Bewerber, die sich sehnlich gewünscht hätten, sie wieder dem Stand der Ehe zuzuführen, gab es einige. Doch für wen sollte Margarethe sich entscheiden, nachdem sie mit Friedrich verheiratet gewesen war, wer konnte sich mit dem früh verstorbenen Senatorensohn und dem Bild, das sie von ihm in ihrem Herzen trug, schon messen? Margarethe war sich so gut wie sicher, dass sie nie wieder eine eheliche Verbindung eingehen würde. Sie war froh und dankbar, dass ihr Lebensunterhalt gesichert war durch ihr Erbe und das Erbe ihrer Kinder, dessen Nießnutz ihr regelmäßig zufloss. Sie stand nicht unter dem Zwang, wie manche andere Vegesacker Kapitänswitwe oder gar die Witwen der einfachen Seeleute, aus purer Existenznot in eine Ehe flüchten zu müssen, in der Liebe und Zuneigung Nebensache waren. Margarethe wollte nur noch Mutter ihrer vier Kinder sein. Sie großzuziehen, ihnen die besten Voraussetzungen für einen erfolgreichen Werdegang zu verschaffen sowie ihnen den Grundbesitz am hohen Ufer zu sichern und zu bewahren bis zu einer Zeit, in der sie fähig sein würden, ihn selber zu verwalten, das sah sie als ihre wesentliche und wichtigste Lebensaufgabe an. Dabei war sie sich aber auch sicher, dass sie bei allem, was sie tat, der strengen Kontrolle und Prüfung der Bremer Familie unterlag.

Allerdings sollte sich bald herausstellen, dass nicht unbedingt sie es war, um die die Senatorin sich sorgen musste, sondern eher um ihren ältesten Sohn Christian Jacob. Seine Geschäfte liefen dermaßen schlecht, dass sein finanzieller Ruin kaum mehr abzuwenden war. Nicht nur persönliches Versagen hatte dazu geführt, mussten doch in Bremen wegen Unrentabilität in den letzten Jahren schon mehr als die Hälfte der bestehenden Zuckerfabriken geschlossen werden. Dennoch stellt sich die Frage, ob Christian Lameyer diese Entwicklung nicht schon zum Zeitpunkt der Gründung seiner Zuckerraffinerie hätte voraussehen können. Nach wenigen Jahren des Aufschwungs zeichnete sich nämlich schon ab dem Jahre 1820 eine Krise in dieser Branche ab. Auch in Holland, England und Frankreich waren flächendeckend Fabriken entstanden, die den Deutschen Konkurrenz machten. Die Regierungen dieser Länder taten alles, um ihre Raffineriebesitzer zu entlasten und erließen gleichzeitig hohe Schutzzölle gegen die Einfuhr des ausländischen Zuckers. So konnten die deutschen Fabrikanten von Jahr zu Jahr weniger Ware absetzen. Hohe Abgaben an den Staat für den Energieverbrauch, der bei der Rohrzuckerverarbeitung erforderlich war, belasteten zusätzlich und beschleunigten den Niedergang dieser Branche. Obwohl der Bremer Rat der Eingabe seiner Zuckerfabrikanten nachkam und die für das Jahr 1830 geplante Steuererhöhung für den Steinkohleverbrauch zurückstellte, mussten weitere Unternehmer aufgeben. So blieb auch Christian Lameyer der Konkurs nicht erspart.

Es war schon ein bitterer Schicksalsschlag: Durch ihn verlor er seinen gesamten Besitz und ruinierte seinen guten Ruf als Kaufmann; welche Schmach für die Familie, welche Enttäuschung für seine Frau und die sechs Kinder. Besonders groß war die Sorge um die ältesten Töchter, die bald ins heiratsfähige Alter kommen würden. Ohne Mitgift war die Aussicht auf eine standesgemäße Eheschließung gleich Null. Der Konkurs und seine Folgen belasteten die Beziehung der Eheleute zueinander dermaßen stark, dass von Scheidung die Rede war. Zumindest kam es zu einer vorläufigen Trennung, wobei Elisabeths Mutter wohl eine entscheidende Rolle gespielt hatte:
Mit dem Tod von Arnold Kulenkamp war sie im Jahre 1826 Witwe geworden. Mit knapp fünfzig Jahren fühlte sie sich noch zu jung, um sich ganz von der Teilhabe am gesellschaftlichen Leben zurückzuziehen. Durch die Beziehungen ihrer Lübecker Familie dauerte es nicht lange, bis die Verbindung zwischen der gut aussehenden Witwe und Dr. Koeppen, Professor der Philosophie und königlicher Hofrat in Erlangen, eingefädelt war. Beide kannten sich wohl schon aus der Jugendzeit, denn auch

Johann Koeppen stammte aus Lübeck. Im September 1831 heirateten sie und Charlotte Kulenkamp zog nach Erlangen, sehr zum Leidwesen ihrer erwachsenen Kinder Gustav und Elisabeth und der zahlreichen Enkelkinder. Als aber Christian Lameyers finanzieller Niedergang offenkundig wurde, hatte seine Schwiegermutter die Fäden schon längst gesponnen, und als der Konkurs im Dezember 1833 erfolgt war, dauerte es nicht lange, bis Elisabeth Lameyer mit ihren Kindern ihrer Mutter nach Erlangen folgte. Durch die Vermittlung des Professors bekamen die zwei ältesten Töchter hier auch bald die Chance, sich angemessen zu verloben, so dass zumindest ihre Zukunft gesichert war.

Das Unglück ihres ältesten Sohnes veranlasste die Senatorin, sich eher als geplant von ihrer Villa am Domshof zu trennen und sie zu veräußern. Von Seiten des Herrn Ohlmeyer, der die Gastronomie im benachbarten Museum leitete, war ihr der Verkauf des Gebäudes durch ein gutes Angebot auch allzu schmackhaft gemacht worden. Der Gastwirt hatte schon lange ein Auge auf das Haus geworfen, um es für seinen Sohn nach seinen Vorstellungen umbauen zu lassen und in den großzügigen Räumlichkeiten einen weiteren gastronomischen Betrieb einzurichten. Dieser wurde bald zum beliebtesten Treffpunkt der Kaufleute. Es entstand nämlich der Brauch, sich hier schon des Vormittags vor Öffnung der Börse zu treffen und Geschäftsabsprachen zu tätigen. So bekam die Einrichtung zu Recht den Namen „ Die Börsenhalle“ und wurde so bedeutend, dass sie dem Museum bald ernsthafte Konkurrenz machte.

Nach dem Verkauf der Villa im Jahre 1834 bezog die Senatorin eine großzügige Stadtwohnung an der Contrescarpe. Hier fand auch ihr unglücklicher Sohn Christian vorläufig eine Bleibe, bis ihm eine weitere finanzielle Starthilfe seiner Mutter ermöglichte, mit neuen Plänen nach Buenos Aires aufzubrechen. Dort wurde er als Agent für mehrere respektable europäische Handelshäuser tätig. Im Jahre 1835 kehrte er nach Hamburg zurück und machte sich dort erneut selbständig.

Alles schien wieder gut zu werden. Die Geburt des ersten Enkelkindes nahm Elisabeth Lameyer zum Anlass, sich mit ihrem Gatten wieder zu versöhnen und zu ihm nach Hamburg zu ziehen. Doch irgendwie schien das Unglück Christian Lameyer nicht mehr loslassen zu wollen. Er stürzte erneut in den Konkurs, verlor das Vertrauen seiner Geschäftspartner und erneut das seiner Frau. Irgendwann zog sie wieder nach Erlangen zurück und blieb dort bis zu ihrem Tode im Jahre 1869.
In der Familie Lameyer spielte Christian Hermann Jacob eine immer geringere Rolle. Letztendlich sprach man kaum noch von ihm, auch Margarethe nicht. Nur in Gedanken war sie oft bei dem getrennt lebenden Paar und fragte sich im Stillen, wie sie wohl gehandelt hätte an Elisabeths Stelle. Wenn ihr Friedrich in dieses Unglück geraten wäre, hätte sie ihn verlassen können? Sie wollte nicht über die Schwägerin richten, doch einen solchen Schritt zu tun, sie hätte es sich nicht vorstellen können. Gern hätte sie jedes Schicksal mit Friedrich geteilt, auch das härteste, wenn er nur am Leben geblieben wäre!
Ähnlich schien auch Gustav Kulenkamp über seine Schwester zu denken, die ihm innerlich fremd geworden war. Nun, da die engsten Verwandten von Bremen fortgezogen waren, suchten er und seine Frau Amalie verstärkt den Kontakt zu Margarethe. Ja, als in Vegesack die Stelle des Amtmanns vakant wurde nach dem beruflichen Rückzug von A. Christian Wilmans, bewarb sich Gustav sogar erfolgreich für diesen Posten. Im Mai des Jahres 1835 zog er mit seiner Frau und den vier Kindern ganz nach Vegesack. Das Haus, das die Familie sich in der Weserstraße erbauen ließ, lag nicht weit von Margarethes Anwesen. Neben dem geselligen und vertrauten Austausch mit der Familie Kulenkamp konnte Margarethe nun noch mehr als bisher mit der Unterstützung ihres einflussreichen Schwagers in allen öffentlichen Angelegenheiten rechnen. Diesen Rückhalt zu haben, war für sie als Witwe in der damaligen Zeit schon eine große Beruhigung. Margarethe erinnerte sich gut daran, dass es überwiegend auf das juristische Geschick von Gustav Kulenkamp zurückzuführen war, dass sich die Frage um ihr elterliches Erbe

vormals so sehr zu ihren Gunsten hatte klären lassen und sie blieb ihm immer dankbar dafür.

Margarethes Söhne

So begann eine frohe Zeit, in der nicht nur die erwachsenen Familienmitglieder regen Kontakt pflegten. Nein, besonders die Sprösslinge des Amtmanns Kulenkamp bildeten mit den vier Lameyer-Kindern eine enge Gemeinschaft, die ihre Jugend mit allen kleinen und großen Freuden, die das Leben gewöhnlich so rund ums Jahr zu bieten hat, in dem beschaulichen und vertrauten Wohnort in vollen Zügen genoss.

Dann kam der Tag, vor dem sich Margarethe schon so lange gefürchtet hatte, obwohl es eigentlich ein Freudentag hätte sein müssen und mit einer harmonischen Familienfeier begangen wurde: Im Frühjahr des Jahres 1836 wurde Johann Mathias in der Vegesacker Kirche konfirmiert. Und wie es in der damaligen Zeit üblich war, dass mit der Konfirmation für jeden jungen Menschen die Kindheit endete, die Berufsausbildung und damit der Ernst des Lebens begann, wusste Margarethe gut, was nun anstand: Johann Mathias würde nach diesem Tag von Vegesack fort und ganz nach Bremen ziehen, um in der Firma seines Onkels Eduard zum Kaufmann ausgebildet zu werden. Sein neues Zuhause aber würde die Wohnung der Großmutter an der Contrescarpe sein. Margarethe konnte sich der Tränen nicht erwehren, als sie die letzten Kleidungsstücke in seine Zeugkiste packte. Wohl wusste sie Johann Mathias bei der Senatorin in guten Händen, aber die Bindung zu ihrem ältesten Sohn war nun einmal sehr groß und von besonderer Bedeutung, wie eigentlich immer zwischen einer Mutter und ihrem ersten Kind. Obwohl es wirklich keine Entfernung war bis zur Stadt, so fiel ihr der Abschied von ihm doch unsagbar schwer, fast so, als müsste sie sich den Jungen vom Herzen reißen. Aber sie durfte nicht selbstsüchtig sein, sondern musste an sein Wohl denken. Es gab

neben ihr keinen Menschen, dem Johann Mathias so viel bedeutete wie der Senatorin. Diese würde alles tun, um ihm den Weg in die Bremer Gesellschaft zu ebnen und ihn bestens auf seine zukünftige Rolle vorbereiten. Sie und Eduard verfügten noch immer über weitreichende persönliche Verbindungen und Kontakte im Gegensatz zu Margarethe mit ihrer eher zurückgezogenen Lebensführung weitab vom Zentrum der Stadt.
Außerdem gab es in Bremen noch den einflussreichen Bruder der Senatorin, Jacob Thorspecken, ihren Schwager Wilhelmi sowie ihren Schwiegersohn Jonas Pfeiffer. Alle waren darum bemüht, Friedrichs ältesten Sohn unter ihre Fittiche zu nehmen, ihn weiter hineinzuziehen in ihre Kreise, ihn der mütterlichen Fürsorge zu entwöhnen sowie dem einfachen maritimen Vorstadtleben Vegesacks. Margarethe wusste, dass sich ihr Ältester ab diesem Zeitpunkt mehr und mehr von ihr entfremden würde. Sie aber musste und wollte dieses Opfer bringen, auch ihrem verstorbenen Gatten zuliebe.

Unkompliziert und von fröhlicher Leichtigkeit gestaltete sich dagegen das Abschiednehmen von Louis, der im Jahre 1837 seine Ausbildung zum Matrosen begonnen hatte. Um nur früh genug seine Sehnsucht nach der Ferne stillen zu können, hatte Margarethe seinem Drängen nachgegeben und ihn schon mit 16 Jahren konfirmieren lassen, als einzigen unter den vier Geschwistern. Nun befand er sich auf dem Weg gen Baltimore. Obwohl Margarethe wusste, dass er sich auf der Fahrt zu dem fernen Kontinent Amerika noch täglich weiter von ihr entfernte, war Louis ihr doch innerlich nah und seine Rückkehr, irgendwann einmal, für die Mutter die selbstverständlichste Sache der Welt. Louis konnten ihr die Bremer nicht nehmen! Es war nur eine Frage der Zeit, wann er wieder zu ihr zurückkehren würde, denn seine Heimat war unwiderruflich Vegesack geworden mit seinen Menschen, dem Hafen und dem Zuhause am hohen Ufer.

Nur ihre beiden Jüngsten waren also noch zu versorgen, die beiden „Trochelkinder“, wie Marie und Friedrich wegen ihres gemeinsamen Geburtsortes von der Verwandtschaft gern genannt wurden. So war Margarethe doch schon imstande für den Verein tätig zu werden, den die Vegesackerinnen auf Initiative von Amalie Kulenkamp und der Pastorin Iken zum Wohle armer und unversorgter Frauen ins Leben gerufen hatten. Seit der Gründung des Frauenvereins, damals im Hafenhaus, am 8. Juni des Jahres 1837, opferte Margarethe alle Zeit, die sie neben dem Beisammensein mit den Kindern und der Pflege von Haus und Garten erübrigen konnte, dem Wohle dieses Vereins. Die Vereins-Damen sorgten dafür, dass armen Witwen Arbeit gegeben wurde, damit sie ihren Lebensunterhalt selber bestreiten konnten, errichteten eine Schule für die Mädchen der Armen, wo diese unentgeltlich das Nähen und Stricken erlernten und richteten sogar eine Suppenküche ein, damit keiner im Ort mehr Hunger erleiden musste. Besonders die Suppenküche war Margarethe ans Herz gewachsen. Sie engagierte sich dort oft mehr, als ihre Zeit es zuließ. Doch davon zu berichten, ist eine weitläufige Geschichte, die an anderer Stelle erzählt werden sollte. Hier geht es erst einmal darum, zu erfahren, in welchen Bahnen sich das Leben der Margarethe Lameyer weiter abgespielt hat:

Über Johann Mathias bekam Margarethe aus Bremen nur Gutes zu hören; er war fleißig und strebsam, weshalb ihm in der Firma seines Onkels Eduard schon bald ein verantwortungsvoller Aufgabenbereich übertragen worden war.
Im Jahre 1839 war auch Friedrich als jüngster der drei Lameyer-Söhne konfirmiert worden. Der Onkel Jonas Pfeiffer hatte sich bereit erklärt, ihn in seine Firma zu nehmen und für seine Ausbildung zu sorgen. Doch, ob Friedrich je fähig sein würde, eigenständig zu arbeiten, geschweige denn eine eigene Firma zu leiten, war zweifelhaft. Man sprach nicht gern in der Verwandtschaft darüber, aber es schien, als sei Friedrich nicht nur, was seine körperlichen Kräfte anbetraf, zurückgeblieben, sondern als ob diese körperliche Schwäche einherging mit einer allgemeinen Einschränkung seiner Merk- und Lernfähigkeit. Obwohl Marie doch um zwei Jahre jünger war als er, war sie ihm in

allen Bereichen weit überlegen und dieser Abstand vergrößerte sich noch beständig. Die Hilfsbedürftigkeit, die Friedrich einforderte, hatte die Bindung Maries an den Bruder aber noch enger werden lassen. Ihn zu beschützen und ihn zu umsorgen, war ihr eine liebe Pflicht. Seit er nun bei der Tante Anna Juliane in der Stadt lebte, drängte es Marie mehr denn je, die Familie Pfeiffer zu besuchen. Und diese Besuche wurden von ihrer Mutter wider Erwarten auch gern geduldet. Ohne selbst als überbehütend zu erscheinen, als sorgenvolle Mutter, die den Sohn nicht frei geben wollte, konnte Margarethe durch die Tochter auf diese Weise alles über Friedrichs Gemütszustand und sein Wohlergehen erfahren. Und wenn sie davon überzeugt war, dass die neuen Anforderungen den Jungen mehr verwirrten als dass sie ihn vorwärts brachten, bestand sie darauf, dass er wieder eine Weile bei ihr in Vegesack leben durfte.

Louis war von der ersten Reise zurückgekehrt; seine Haut war braun gebrannt, sein Körper muskulös und kräftig geworden als Folge der harten Arbeit, die ihm auf dem Schiff abverlangt worden war. Doch er strahlte so viel Zufriedenheit und Selbstbewusstsein aus und konnte nach der langen erzwungenen Winterpause an Land kaum abwarten, bis es wieder hinaus ging aufs offene Meer. Dieses Mal war es die Bark Johanna, auf der er anheuerte. Unter Kapitän Lüder Mensing ging es auf große Fahrt über den Atlantik, mit Auswanderern an Bord. Man würde die Küste Nord Amerikas hinaufsegeln bis Baltimore und New York und zurück über Kuba, um Tabak aufzunehmen. Es würde wohl mehr als ein Jahr dauern, ehe Margarethe ihn wiedersehen würde. Aber sie hatte als Mutter ein gutes Gefühl. Die Ausbildung zum Matrosen tat dem Jungen gut und schien genau das Richtige für ihn zu sein. Er hatte so viele Pläne und war von dem Ehrgeiz besessen, einer der jüngsten Kapitäne werden zu wollen, ebenso, wie es der Cousin Louis Wieting aus Blumenthal vorhatte.

Ohnmacht

Man schrieb das Jahr 1841. Der Sommer mit seinen zahlreichen warmen und friedvollen Sonnentagen neigte sich seinem Ende zu. Es war September geworden. Der nahe Herbst war spürbar, besonders in den Morgenstunden und an den frühen kühlen Abenden. Er war sichtbar in den Gärten, in denen die welken Stauden sich mehrten und die Spinnen eilfertig ihre Netze strickten, in denen sie nimmersatt auf Beute warteten.

Margarethe hatte kein gutes Gefühl. Es war irgendetwas geschehen, sie fühlte es tief in sich. Sie war nicht erstaunt, als ihr der Bote das offizielle Schreiben übergab. Schon so lange war er tot, schon gestorben am 18. Mai, auf der Überfahrt von Havanna nach Rotterdam, an Chinafieber!! Es hatte keine Chance für ihn gegeben, diese tückische Krankheit zu besiegen! Ihr Louis, ihre Hoffnung, ihr Sonnenschein, kaum zwanzigjährig, dahin alles Leben in ihm, ließ sie zurück in ohnmächtigem Schmerz. Nicht zu vergleichen war dieser Schmerz mit jenem inzwischen blass gewordenen Gefühl, das sie beim Tode des Gatten zerrissen hatte. Ein Kind zu verlieren, war etwas anderes. Erst jetzt wurde ihr wirklich bewusst, was es bedeutete, Mutter zu sein. Und es war ihr nicht einmal möglich, an seinem Grabe zu trauern, denn sein Leichnam ruhte auf dem Grund ferner Meere.

Marie wich nicht von ihrer Seite. Hilflos versuchte sie Trost zu spenden. Jeder Blick, jede Umarmung trug die stille Botschaft: „Mutter, liebste Mutter, *ich* werde dich nie verlassen“. Doch Margarethe nahm die Tochter kaum wahr, schloss sich von der Außenwelt ab. Der Schmerz nahm sie ganz in seinen Besitz, machte sie stumm und regungslos. Ihre Gedanken drehten sich im Kreise nur um die eine, die einzige Frage „warum“. Warum musste es gerade sie treffen, ihr das Kind genommen werden, das ihr am nächsten stand?

Dann begann eine Zeit, da aus ihren Augen unendlich viele Tränen flossen, ein bitterer Strom, der nicht enden wollte. In den nächtlichen Träumen, die voller Sehnsucht waren nach dem toten Sohn, fügten sich diese Tränen zusammen zu einem silber-

nen Vlies. Das ließ die Frau vom hohen Ufer hinabgleiten in den Fluss. Seine Wasser nahmen es auf und trugen es behutsam fort in das Meer, in die fernen Ozeane, zu ihm, ihrem Kind, ihrem Louis. Dieses silberne Feengewebe, aus ihren Tränen gewirkt, vermochte zu tun, was ihr selber verwehrt war, in die Tiefen zu tauchen und endgültig Abschied zu nehmen von ihm.
Der Friede, der dieser Traum der trauernden Mutter schenkte, dauerte an, auch hinaus über den hellen Tag. Ihre Augen, von Tränen befreit, vermochten wieder klarer zu sehen und mehr als sich selber wahrzunehmen. Margarethe sah, dass auch um sie herum Trauer war, die Trauer der vielen einsamen schwarz gekleideten Frauen von Vegesack: Sie hatten das Meer, das ihnen das Brot gab, erst lieben, dann aber hassen gelernt, denn es nahm ihnen die Gatten und die Söhne, Jahr um Jahr. Doch ihnen blieb keine andere Wahl, als dieses Leben anzunehmen. Und auch Margarethe gelang es nach und nach, sich in ihr Schicksal zu fügen, hatte sie doch, wie jede andere, von dem großen Schmerz des Menschengeschlechts nur einen einzigen Mosaikstein zu tragen.
Doch ihr Herz war auch körperlich krank geworden in jenen Tagen, auf Dauer. Die Ärzte waren besorgt und rieten zur Schonung. Jede Anstrengung, jede Belastung sollte vermieden werden, um ihr Leben nicht zu gefährden. Irgendwie fiel es Margarethe auch gar nicht schwer, sich in allem zurückzunehmen, denn die Freude am Leben, die Lust auf Bewegung und aktives Tun stellten sich nach dem Tode von Louis nie wieder so ein wie es vorher gewesen war. Margarethe war eine andere geworden.

Im Jahre 1842 wurde auch das letzte ihrer Kinder konfirmiert, ihre Marie. Was lag nun näher, als dass Marie die Haushaltsführung, das Kochen und Wirtschaften in dem großbürgerlichen Hause der Tante Pfeiffer in Bremen erlernte. Hier verkehrten die verschiedenen Handelspartner, teilweise mit ihren Familien sowie Gäste aus dem In- und Ausland. So gab es vielfältige gesellschaftliche Ereignisse und für Marie die Chance, sich in all ihren Fähigkeiten vervollkommnen sowie ihre Persönlichkeit vorteilhaft entwickeln zu können.

Außerdem war das Leben bei den Pfeiffers allein schon wegen ihrer sechs Kinder bunt und vielfältig und viel interessanter, als daheim bei der Mutter, die seit dem Tode von Louis doch oft nur ihren Gedanken nachhing und schwer anzusprechen war. Für Anna Juliane Pfeiffer bedeutete die Anleitung der jungen Nichte dagegen kaum eine Belastung. Marie war willig und verständig und ihrer Lieblingstante bei der Betreuung und Beaufsichtigung der jüngsten Kinder, dem zehnjährigen Friedrich und der dreizehnjährigen Dorothea, eine zuverlässige Hilfe, auf die sie ungern verzichtet hätte. Das Zusammensein mit dem Bruder Friedrich, der ja auch bei den Pfeiffers lebte, mit den Cousins und Cousinen, tat Marie gut und machte sie unbeschwert.
Der Onkel Jonas Pfeiffer hatte den beiden Geschwistern angeboten, einmal einen Besuch auf Trochel zu unternehmen, dem Ort ihrer Geburt und frühen Kindheit. Marie hatte sich so sehr danach gesehnt und oft danach gefragt. Der Herr von Hattorf bot ihnen Quartier und Aufenthalt großzügig an. Margarethe lehnte die Einladung ab, die Kinder zu begleiten. Sie hatte mit Trochel abgeschlossen. Doch für Marie und Friedrich war es ein bewegendes Erlebnis. Es gab Gespräche dort, mit Mägden und Knechten, die sich ihrer erinnerten, als sie noch Kinder gewesen waren und die ihren Vater gekannt hatten. Sie schilderten den beiden ihre Eindrücke aus der Vergangenheit, mosaikartig, lückenhaft, und doch waren diese imstande, das spärliche Bild, das die Geschwister von dem früh Verstorbenen hatten, abzurunden, lebendig und plastisch werden zu lassen.

Die Gründung des Belle-vue

So eilten die Jahre ohne weitere besondere Vorkommnisse dahin. Im Juni des Jahres 1845 war Onkel Arend verstorben. Er hatte ein hohes Alter erreicht und die Gnade, still und friedlich, ohne leiden zu müssen, einschlafen zu dürfen. Seinen Nachkommen hinterließ er ein beachtliches Sparvermögen. Noch zu seinen Lebzeiten hatte der gewiefte Geschäftsmann seinem ältes-

ten Sohn geraten, wie dieses Geld am besten anzulegen sei. Nun, da der Erbfall eingetreten war, dauerte es nicht lange, bis Arend Wieting junior an die Cousine herantrat, um ihr seine Vorstellungen und Wünsche vorzutragen. Die Witwe Lameyer traf das nicht unvorbereitet. Irgendwann einmal war der Zeitpunkt gekommen, an dem sie das Anwesen in der Weserstraße hätte aufteilen müssen, um den Kindern, allen voran Johann Mathias, ihren Anteil am Erbe auszahlen zu können. Es traf sich gut, denn er war gerade dabei, sich selbständig zu machen und gemeinsam mit dem jungen Hermann Focke eine Firma für Speditionsgeschäfte zu gründen. So konnte das Kapital, das durch den Grundstücksverkauf an den Cousin erzielt werden sollte, gut eingesetzt werden. Arend spekulierte auf den neben der Bäckerei Schnatmeyer gelegenen Teil des Lameyerschen Anwesens. Hier wollte er einen gastronomischen Betrieb mit Tanz- und Musikveranstaltungen eröffnen sowie einen Sommergarten zum Zwecke der Erholung für Jung und Alt.
Ganz einfach war es nicht, dafür die Konzession zu erhalten, zumal zu jener Zeit wieder peinlichst darauf geachtet wurde, die Anzahl der Gaststätten mit Wein- und Brandweinausschank in Vegesack nicht weiter ansteigen zu lassen. Außerdem musste mit Protesten von Schnatmeyer gerechnet werden, denn wie sollten zwei Bäcker in so unmittelbarer Nähe existieren können? Aber Verwandtschaft hilft sich immer! Gustav Kulenkamp setzte bei der Formulierung des Antrags sein ganzes juristisches Können ein und sein politisches Gewicht als Amtmann von Vegesack, um Bürgermeister Schumacher in Bremen von diesem Vorhaben zu überzeugen: Arend Wieting bot nämlich an, die Bäckerei in der Buchtstaße aufzugeben und am neuen Standort lediglich eine Konditorei, also nur eine Kuchenbäckerei zu eröffnen. Mit diesem Schachzug glaubte man Schnatmeyer beruhigen zu können. Die Eröffnung des Sommergartens gar wurde als gute Tat gegenüber den Interessen des allgemeinen Publikum deklariert, und das wohl auch mit Recht, war doch das ganze hohe Weserufer in Privatbesitz, jedes Grundstück von hohen Mauern umgeben, ohne jeglichen Zugang für

jedermann. Von dem neuen Etablissement aus sollte die Allgemeinheit endlich die Möglichkeit haben, den herrlichen Ausblick von der Anhöhe der Weserstraße über den Weserstrom und weit ins Oldenburger Land genießen zu können. Da überdies die Besucherzahl im Havenhaus in letzter Zeit merklich zurückgegangen war und die Gäste aus Bremen mehr den Ruheplätzen in Blumenthal, Leuchtenburg und Raschens Weide in Schönebeck zuströmten, so argumentierte Kulenkamp, wäre es für die weitere touristische Entwicklung Vegesack geradezu eine Notwendigkeit, das Wietingsche Angebot anzunehmen.
Die geschilderten Argumente schienen so einleuchtend, dass die Pläne des Arend Wieting und der Witwe Lameyer ohne Abstriche die ungeteilte Unterstützung des Bremer Senats erhielten und der Kaufvertrag noch vor Ende desselben Jahres rechtskräftig wurde. Dann begann man rasch mit dem Bau. An der stattlichen Größe des Gebäudes wurde schnell deutlich, dass es nicht nur eine Kuchenbäckerei mit angeschlossenem Sommergarten werden würde, sondern das viergeschossige Haus vor allen Dingen als Hotel vorgesehen war. Im folgenden Jahr wurde es unter dem klangvollen Namen „Belle-vue" eröffnet und schnell zum Publikumsmagneten erster Güte. Besonders wegen der reizvollen Aussicht auf die Weser von der weitläufigen Terrasse her wurde das „Belle-vue" weit über die Grenzen von Vegesack hinaus bekannt und in den folgenden Jahrzehnten besonders während der Sommermonate von Hunderten von Tagesgästen besucht.
Wenn die Musik zu ihr herüber schallte, das frohe Lachen der Besucher, die Begeisterungsrufe der Kinder, die über die Brüstung gehoben wurden, um die vorbeifahrenden Schiffe und Schuten besser sehen zu können, wenn die Gäste ins Staunen gerieten über die üppig wuchernden grünen Laubengänge und farbenfrohen Bepflanzungen, dann tat es Margarethe nicht länger leid, auf diesen Teil ihres Gartens verzichten zu müssen.

Doch trotz der Einrichtung des Sommergartens folgten für Vegesack, wie für alle deutschen Lande harte und bittere Zeiten.

Teuerung und Not hielten Einzug und erschwerten den Menschen das Leben. Wieder einmal herrschte großer Hunger unter der Bevölkerung. Die ständige Erhöhung der Lebensmittelpreise ließ die Unzufriedenheit im Volk weiter ansteigen und machte die Menschen empfänglich für revolutionäre Ideen, die bald von allen Seiten auf sie einströmten.
Es folgte das Jahr 1848 mit politischen Unruhen und revolutionären Bewegungen in ganz Deutschland. Doch auch diese Zeiten überstanden die Vegesacker und mit ihnen die Witwe Lameyer.

Viele Abschiede

Vegesack erhielt im Jahre 1852 sogar den Status einer Stadt. Doch brachte diese offizielle Aufwertung keine weitere Bedeutung. Im Gegenteil setzte eine Entwicklung ein, die zu einer schleichenden Entwertung des Ortes führte. Der neue Hafen Bremens an der Geeste war fertig gestellt und breitete sich immer mehr aus, dort lag die Zukunft! Wer also Karriere machen wollte und sich glänzende Geschäfte versprach, der zog in das neu geschaffenen „Bremerhaven" oder kehrte zurück ins Zentrum der Stadt.
So hielten es auch Amalie und Gustav Kulenkamp, dem in Bremen schon im Jahre 1850 das Amt eines Richters angeboten worden war. Nach dem Tode ihres Mannes zog auch Sophie Bechtel nach Bremen. Es verstarben Cousinen und gute Freundinnen, mit denen Margarethe über Jahrzehnte so engen und vertrauten Kontakt gehalten hatte. Immer wieder hieß es für sie Abschied zu nehmen.
Auch die Senatorin war am 9. Januar des Jahres 1852 verstorben. Obwohl ihre geistigen Kräfte bis zuletzt wach und rege waren, versiegten die körperlichen Kräfte zusehends, so dass die Greisin eines Tages in ihrem 83. Lebensjahre still und friedlich eingeschlafen war. Ihr jüngster Sohn Eduard und der Lieblingsenkel Johann Mathias zeigten ihren Tod im Rathause an. Die

Trauerfeier, in würdigem Rahmen im Bremer Dom gehalten, war zum letzten Mal ein Anlass, an dem die ganze Familie geschlossen teilnahm.

Auch Christian Jacob war aus Hamm angereist und blieb bis zur Eröffnung des Testamentes am 20. des Monats. Insgeheim hatte er die Hoffnung gehegt, vom mütterlichen Erbe noch etwas profitieren zu können, doch er wurde enttäuscht. Zwar machte ihm die Senatorin in ihrem Testament keine Vorhaltungen über sein Versagen, im Gegenteil sprach aus ihrem letzten Willen eine große Liebe für jedes ihrer Kinder und Schwiegerkinder und das Bemühen um Gerechtigkeit und Ausgewogenheit. Doch die Senatorin wies wohl deutlich darauf hin, dass Christian Erbvorauszahlungen in fast doppelter Höhe erhalten hatte als all seine Geschwister. Dennoch wurden diese angewiesen, dass sie von ihrem ältesten Bruder nichts von dem zu viel erhaltenen Geld zurückfordern dürften und, wie es üblich war, wurde dieser mütterliche Wille auch von allen Erben respektiert.

Da also alle Geschwister schon ihren Erbteil erhalten hatten, profitierten vom Restteil des verbliebenen Vermögens ausschließlich die Enkelkinder. So konnte Johann Mathias jetzt endlich an seine Eheschließung denken. Die Geschäfte in der Firma Focke & Lameyer hatten sich nämlich bisher nicht so rosig entwickelt. Politische Unruhen warfen die jungen Handelspartner in ihren Bemühungen immer wieder zurück. Auch im Deutsch-Dänischen Krieg hatte man starke Verluste hinnehmen müssen. Unter anderem waren mehrere ihrer Schiffe, die aus dem Osten Blauholz geladen hatten, das für Stettin bestimmt war, von den Dänen aufgebracht worden.

Bevor seine Firma aber nicht auf soliden finanziellen Füßen stand, mochte Johann Mathias nicht an die Gründung einer eigenen Familie denken. Nun, da sich seine Verhältnisse geändert hatten, warb er um die junge neunzehnjährige Christiane Deneke, Tochter eines verstorbenen bekannten Bremer Kaufmanns, in die er sich verliebt hatte. Die beiden gaben sich im Juli des folgenden Jahres in der St. Stefanie-Kirche das Ja-Wort, we-

nige Monate, bevor auch Marie Lameyer und ihr Cousin Julius Hartmann Pfeiffer getraut werden sollten.
Ach, Marie! Wollte sie nicht immer in Vegesack wohnen bleiben, die Mutter nie verlassen? Die Vorstellungen, die sich junge Menschen von der Zukunft machen! Margarethe hätte es ohnehin nicht geduldet. Aber je älter Marie wurde, je ernster nahm sie ihr Versprechen, so dass Margarethe Lameyer sich schon ernstlich Sorgen um die Zukunft ihrer Tochter machte. Vergeblich versuchte sie, Marie für diesen oder jenen ledigen Mann zu interessieren. Ebenso versuchte es auch der Onkel Nikolaus aus der Hafenstraße, zu dem Marie ein so herzliches Verhältnis hatte und dessen Rat ihr von Kind an wichtig war. Doch am stärksten zog es die junge Frau in das Haus der Tante Pfeiffer, in die Nähe des Bruders Friedrich und des Cousins Julius Hartmann. So verging Jahr um Jahr, ohne dass ein Bräutigam für sie gefunden werden konnte. Immer deutlicher wurde aber, wie gut sich Julius Hartmann und Marie verstanden, wie sehr sie sich mochten und aufs Beste ergänzten. Sie versprachen sich die Ehe und setzten ihren Willen durch auch gegen alle Widerstände. Wegen zu naher Verwandtschaft musste die Erlaubnis zur Eheschließung durch Senatsbeschluss erteilt werden.
Im September des Jahres 1853 konnten die beiden dann endlich in der Kirche zu Vegesack durch Pastor Zedler getraut werden. Natürlich war der Onkel Nikolaus Wieting Trauzeuge, natürlich war Margarethe gerührt über das Glück ihres Kindes, auch, wenn das jetzt ein endgültiges Abschiednehmen vom Muttersein für sie bedeutete, denn das letzte ihrer vier Kinder ging mit dieser Heirat aus dem Haus.

Margarethes Alter

Fortan lebte sie allein im Hause Weserstraße 80, war nur noch die Witwe Lameyer. Manchmal führten sie die Gedanken zu Louis, dem längst verstorbenen Sohn: Wie anders hätte sich ihr Alter gestaltet, wenn er am Leben geblieben wäre. Wenn Mar-

garethe von ihrem Lieblingsplatz in der Gartenlaube auf den Strom schaute, malte sie es sich aus, wie es gewesen sein könnte; sicher hätte Louis eine Vegesackerin geheiratet, vielleicht Adelheit Deetjen, Sophia Günthersen oder Betty Cattermole. Seine Familie, seine Kinder hätten das Haus am hohen Ufer bevölkert, das jeden Tag erfüllt gewesen wäre vom Kinderlachen und frohem Singen, aber es hatte nicht sollen sein!
Nun war sie wirklich als einzige übrig geblieben, einzige Wächterin über das Anwesen von Lüder Wieting. Nun, da sie das 60. Lebensjahr überschritten hatte, musste sie auch schon häufiger an das Ende ihres eigenen Lebens denken. Um sie herum wurde es still! Sie, die einst so gern unter Menschen weilte, vermied es zunehmend, sich dem aktuellen Zeitgeschehen zu widmen, nahm stattdessen Zuflucht zu ihren Erinnerungen. Dann und wann flammte die Hoffnung auf, dass ihre Sehnsüchte doch noch in Erfüllung gehen könnten, dass Marie oder der älteste Sohn sie mit Enkelkindern beglücken würden. Doch dieses Hoffen war vergeblich, denn die Ehe von Johann Mathias blieb kinderlos. Er starb in seinem 40.Lebensjahr an der Schwindsucht, wobei seine alternde Mutter keine Tränen mehr fand für diesen neuerlichen Schmerz. Für Friedrich stellte sich die Frage einer Verehelichung erst gar nicht, stand er doch dem Tode immer näher als dem Leben. Julius Hartmann und ihre Marie aber warteten Jahr um Jahr vergeblich auf ein Kind.

Als man die Hoffnung schon aufgegeben hatte, geschah aber doch noch etwas in der Art eines Wunders! Nach fast zehnjähriger Ehe fühlte sich Marie schwanger. Die Ahnung wurde mehr und mehr zur Gewissheit, die Zeit danach glich einer geheiligten Zeit, dadurch gekrönt, dass sie am 19. Juli des Jahres 1863 ein kleines, goldiges Töchterchen zur Welt brachte! Lange, lange war Margarethe nicht mehr in Bremen gewesen. Der Weg war ihr allzu beschwerlich geworden. An manchen Tagen spürte sie schmerzhaft bei jeder Bewegung ihre alten, gebrechlichen Knochen, trug die ganze schwere Bürde des Alters. Doch Marie und Julius Pfeiffer wollten ihr Kind in ganz besonderer Weise der Großmutter widmen. Es sollte ihren Namen tragen und als Zeichen besonderer Zuneigung und Verehrung an ihrem 70. Geburtstag im Dom zu Bremen auf ihren Armen zur Taufe getragen werden, und so geschah es auch am 12. November des Jahres 1863.

Was schon so lange aufgegeben, ja begraben schien, die Hoffnung auf neues Leben, auf einen Fortbestand künftiger Generationen der Familie auf Lüder Wietings hohem Weserufer, es war neu entflammt. Denn so viel stand für Margarethe Lameyer fest, dass das kleine Wesen dieses Anwesen einmal ganz in seinen Besitz nehmen sollte! Selig, so selig bewegte sich Margarethe fortan durch Haus und Garten, immer eingedenk der Zukunft, die hier draußen in Vegesack ganz der kleinen Margarethe Juliane gehören sollte. Sie schaute über den Strom, sah das Wasser des Flusses mit den Gezeiten kommen und gehen und spürte die Schmerzen des Alters nicht mehr. Das Leben hatte neu begonnen, hatte Wert und Sinn, der Wind auf der Höhe summte im Frühling und Sommer ein leichtes, luftiges „ Margarethe, Margarethe“, die Herbststürme brausten mächtig und kraftvoll das gleiche Lied.
Als die Eisenbahnstrecke fertig gestellt worden war, mit dem Anschluss nach Vegesack, und die Züge regelmäßiger fuhren, wurde das Leben noch schöner und bequemer. Der Weg von ihrem Haus in der Frühlingsstraße bis zum Bremer Hauptbahnhof konnte von Marie Pfeiffer, immer in Begleitung eines Kindermädchens, in weniger als 15 Minuten zurückgelegt werden. Dort mussten sie nur einsteigen in den Zug, wobei freundliche Zugschaffner den Frauen halfen, den Kinderwagen mit dem kleinen Sonnenschein hoch zu hieven in den Waggon und ab ging die Fahrt über Gröpelingen, Oslebshausen, Burg, Schönebeck bis nach Vegesack: Der Hafen wurde linker Hand hinter sich gelassen, die Schmiedestraße und dann die Neue- und Brunnenstraße hinaufgeschoben, mit etwas Mühe die kleine Anhöhe genommen, links eingebogen in die Breitestraße und schon kam das vertraute Haus am hohen Ufer in Sicht, nicht sel-

ten, dass die Großmutter bereits vor der Tür stand und sehnsuchtsvoll winkte!
„Halte die Zeit fest und das Glück, Margarethe, denn nichts bleibt, wie es ist“, schienen die Vögel zu verkünden, die aus den hohen Bäumen der alten Allee sich einmischten in das Leben der Menschen unter ihnen. Manchmal ist es gut, dass ihr Gesang diesen fremd und verschlüsselt bleibt!

Es begann das Schicksalsjahr 1867 schon im Januar mit einem herben Verlust. Friedrich Lameyer war seinem Leiden erlegen, grauenvoll das Ende mit der Diagnose „Gehirnerweichung“. Seine letzten Lebensmonate hatte er ganz im Krankenhaus verbracht, dort aufopfernde Pflege des gesamten Personals erfahren. Alle hatten sich so sehr um ihn bemüht, auch sein Cousin Johann Mathias Ludwig, der die Funktion des Hausverwalters in dem neuen Krankenhaus ausübte sowie der Cousin K. Thorspeken, der als junger Arzt dort tätig war. Aber alles Mühen war vergeblich. Margarethe Lameyer nahm von Ferne Abschied von dem letzten ihrer Söhne, nur Marie und deren Mann folgten dem Sarg ihres geliebten Bruders.
Marie war nun die noch einzig Überlebende der vier Lameyer-Kinder, als einzige von ihnen hatte sie selber einem Kind das Leben geschenkt, auf dem nun alle Hoffnung ruhte. War diese Bürde zu schwer für das kleine Wesen? Der Winter war lang und kalt gewesen in diesem Jahr. So viele Kleinkinder waren in den letzten Monaten schon am Hühnerhusten gestorben. Fast wie Hohn wirkte dieser lustig klingende Name, den der Volksmund dieser todbringenden Kinderkrankheit gegeben hatte, gegen die es noch keine Mittel, keine wirksamen Medikamente gab. Auch die kleine Margarethe verlor den Kampf gegen den tückischen Keuchhusten, es war am Abend des 18. Mai.
Arme Margarethe, ihre späten Träume, so bunt und schillernd und doch so verletzlich, waren zersprungen wie kostbares Glas. Nichts war ihr geblieben, es würde kein Kinderlachen mehr geben hier oben am hohen Weserufer! Mit dem Moment, als ihr dieses bewusst wurde nach Erhalt der schlimmen Nachricht,

war es, als schlügen haushohe Wogen zusammen über ihr und rissen sie fort, tief hinab, in einen Strudel ohnmächtigen Schmerzes. Als sie daraus erwachte, hatte sie jeglichen Lebenswillen, jegliche Freude verloren. Margarethe Lameyer starb in der Nacht zum 7. Juni des Jahres 1867.

Nachwort

Wie viele Stunden, Tag und Jahre sind vergangen seit jener Zeit! Wie oft wiederholten sich Ebbe und Flut, trugen die Wasser unsere Sehnsucht und Träume zum fernen Meer, brachten Hoffnung und Verheißung aus fernen Landen hierher. Vergessen ist, was einmal war. Margarethe Lameyer kennt niemand mehr. Die Schauplätze ihres Lebens tragen ein neues Gesicht. Längst steht das Haus des Senators am Domshof nicht mehr, stattdessen, an gleicher Stelle und weit darüber hinaus, wird der Platz beherrscht vom roten Sandstein der Deutschen Bank.

Die kärglichen Mauerreste des alten Gutshofs von Trochel hat der Wald gnädig zugedeckt mit seinem Grün. Nur das Forsthaus trägt noch den Namen. Geblieben ist auch die windschiefe alte Scheune, doch erscheint sie kaum glaubwürdig als Zeugin vergangener Pracht. Und auch die zwei uralten, riesigen, aber lange schon laublosen Ulmen stehen noch an der ehemaligen Zuwegung zum Vorwerk in Stell, versteckt im Wald, abseits der Bundesstraße zwischen Brockel und Hemslingen.

Selbst das Hotel Belle-vue, das später den Namen „Norddeutscher Hof“ trug, ist längst abgerissen und durch neue Gebäude ersetzt worden, wie auch schon Jahrzehnte vorher das alte Wietingsche Haus. Es musste einer großen prächtigen Villa weichen, die der spätere Eigentümer hier hat errichten lassen: Marie Pfeiffer war ja in Bremen wohnen geblieben. Es bestand keine Bindung mehr zum Hause ihrer Mutter. Das Kleinod an der Weser, es wurde an den Kaufmann Rodewald veräußert. Er

nutzte es nur wenige Jahre als Sommersitz, um es dann an die Familie Danziger weiterzuverkaufen, die in ihrer neu erbauten Villa vortrefflich zu leben verstand.
Nach dem Tode der Danzigers wechselten die Besitzer häufig, bis die Katholische Kirche das gesamte Areal im Jahre 1928 kaufte und den herrschaftlichen Bau für die Zwecke eines Kinderheimes umgestalten ließ. Seitdem bevölkerten Kinder das Haus, viele Kinder, Generation um Generation. Nonnen zogen ein zu ihrer Betreuung, da die Kinder ohne Eltern waren. Die frommen Frauen machten sich deren Wohlergehen zur Lebensaufgabe. Von der kleinen Kapelle, die das Herzstück des Hauses werden sollte, schickten sie ihre Gebete für ein gelingendes Leben ihrer Schützlinge von jeher himmelwärts.
Später fanden auch junge, schwangere Mädchen, die selber noch Kinder waren und in ihrer Not nicht ein noch aus wussten, hier Trost und Hilfe und eine Bleibe für sich und ihr Kind.
Als die Zeiten sich geändert hatten und es unüblich wurde auch unter den Frömmsten, sein Leben ganz seinem Gott zu weihen, als die letzte Nonne aufs Altenteil gegangen war, änderte sich nur die Form, nicht der Geist des Hauses. Bis auf den heutigen Tag bemühen sich Männer und Frauen darum, jungen Menschen, mit denen es das Schicksal nicht gut gemeint hat, deren Eltern die Kraft fehlte, ihre Kinder auf das Leben in dieser Welt ausreichend vorzubereiten, diese Hilfen zu geben.
So geht noch immer viel Segen aus von diesem Haus. Erfüllt sich mit dieser Sinngebung ein Vermächtnis der Margarethe Lameyer? War es doch ihr innigster Wunsch immer gewesen, dass dieser Ort mit Kindern belebt sei.

Ihr Lieblingsplatz auf der Anhöhe aber, den sie einst räumte, um den Blick auf die Weser und das weite Land frei zu geben für jedermann, er hat seinen Zauber bewahrt bis auf den heutigen Tag. Noch nennt man diesen Ort „Vegesacker Balkon“, noch trägt er nicht ihren Namen.

Quellen,

(ungedruckt)

Staatsarchiv Bremen
Ratsarchiv (2-)
2 - P.13 Vegesack
2 - Ss. Handel
2 - Qq Justiz
2 – T. 4 Zivilstandsregister
2 - T. 5 Kirchen- und Schulwesen
2 - T.6. Stiftungen
2 - 6,2- Französische Verwaltung Bremens 1811-1813

Testamentenbücher
FB – 29.14 (1825-1828)
FB – 29.16 (1829-1832)
FB – 29. 24 (1851-1852)

Graue Mappen des STAB
Bechtel, Kulenkamp, Lameyer (Lameier), Mehne, Rouwe, Runge, Schröder (Bergen u. Bremen) Thorspecken, Uhthoff, Wilckens, Wilhelmi, Wieting (Stammnachkommen nach Cord Wieting), aufgestellt im Jahre 1987 von Gerhard Schaub, Kiel

Staats- und Universitätsbibliothek Bremen
Signatur: Brem. a. 1152
Protokollbücher der Singakademie

Deutsches Geschlechterbuch, Bd. 63, 1929

Niedersächsisches Staatsarchiv in Stade
Rep. 131 Nr.796, Provinz Bremen und Verden. Obrigkeit Rotenburg. Vermessungs Register des Broker Landes und der Gärten des Adelichen Hofes Trochel, 1824.

Handelskammer Bremen
Unterlagen über die Firma Focke-Lameyer vom Mai 1848

Kirchenbücher:
Altstadt, St. Petri-Dom
Taufen, 1791-1794, 1795-1799,1786-1799

Ev.-luth. Kirchengemeinde Brockel
Taufregister 1735 - 1825
Sterberegister 1737 - 1842

Bücherei des Heimat- und Museumsverein für Vegesack und Umgebung e.V.:
Protokollbücher des Frauenvereins Vegesack, Bd. I , 1837-1880

(Gedruckte)

Adressbücher der Stadt Vegesack
1853, 1855, 1861, 1865, 1867
Bremer Adressbücher
1794-1853, 1854-1891

700 Jahre Twistringen,
herausgegeben von der Gemeinde Twistringen, 1950

Niedersächsische Landesbibliothek Hannover
MiFiZ 42: Hannoversche Anzeigen vom 20. Mai 1826

Literaturverzeichnis

Begerow, Thomas
Zur Sozialstruktur und sozialen Mobilität im späten 18. und 19.Jahrhundert am Beispiel des bremischen Hafenortes Vegesack, Magisterarbeit am Fachbereich Geschichtswissenschaften der Freien Universität Berlin, 1997

Beneck, Otto & Theodor
Lüneburger Heimatbuch, Verlag Schünemann, Bremen, 1914

Bessel, Georg,
Bremen, Geschichte einer deutschen Stadt, Verlag Heinrich Döll & Co, Bremen, 1955

Blum, Klaus
Musikfreunde und Musici, Musikleben in Bremen seit der Aufklärung, Tutzing 1975

Büsing, Wolfgang
Das Geschlecht Roth aus Wunsiedel, Oldenburgische Familienkunde, Jahrgang 6, Heft 3/4, 1964

Crone-Münzebrock, August
Die Familie Lameyer in Twistringen und Vechta, Privatdruck 1940

Dietsch, Walter
Der Dom zu Bremen, Verlag Heinrich Döll, Bremen, 1978

Düring von, A. Forstmeister i. R. in Horneburg
Ehemalige und jetzige Adelssitze im Herzogtum Bremen,
im Selbstverlag der Ritterschaft, gedruckt in der Hansa-Druckerei Stade, 1938

Geschichte der Reformierten Kirche Bremens,
Bremen, Verlag von Gustav Winter,1909

Hägermann, Johann
Heimatbuch des bremischen Werderlandes, Verlag A. Borowsky, Bremen-Vegesack, 1951

Halenbeck, Lüder
Zur Geschichte der Stadt Vegesack, Verlag und Druck von J. F Rohr, 1874

Heineken, Christian Abraham
Geschichte der Freien Hansestadt Bremen von der Mitte des 18. Jahrhunderts bis zur Franzosenzeit
Bearbeitet von W. Lührs, Selbstverlag des Club zu Bremen, 1983

Hollanders, Sophie
Vegesack, Alte Bilder einer Hafenstadt, 1984 Johann Heinrich Döll Verlag, Bremen

Lameier, Horst
Die Vogtsfamilie Lameyer in Twistringen
In: Heimatblätter des Landkreises Grafschaft Hoya, Heft 1/2, Syke 1972/73

Kunst, Karl
Amtsvögte, Kaufleute und Goldschmiede,
- Aus der Geschichte der Twistringer Familie Lameyer- in „Twistringen für Sie“, März 1994, 15.Jahrgang – Heft 11

Lührs, Wilhelm
Der Domshof, Geschichte eines bremischen Platzes, 1979
Veröffentlichungen aus dem Staatsarchiv der freien Hansestadt Bremen, Band 46

Olbers Focke, Wilhelm
Olbers, Wilhelm. Sein Lebenslauf und seine Lebensarbeit, für die Nachkommen geschildert
Vereinigte Druckereien Jlling & Lüken, Bremen, 1913

Pawlik, Peter-Michael
Von der Weser in die Welt, Ernst Kabel Verlag, Hamburg, 1993

Raschen, Hermann
Die Weser, das erste deutsche Dampfschiff und seine Erbauer, Verlag von Julius Springer, Berlin, 1908

Ripken, Heiko
Zur geschichtlichen Entwicklung des ehemaligen Rittergutes und der heutigen Staatl. Revierförsterei Trochel
Aus Rotenburger Schriften 1975 H 42/43

Röpcke, Andreas
Bremische Kirchengeschichte im 19. und 20. Jahrhundert, Verlag H.M. Hausschild, Bremen, 1994

Roth de, Georgium, Rectorem des Gymnasii zu Stade
Geographische Beschreibung der beyden Herzogthümer Bremen und Verden, 1718

Scheither von, Carl Friedrich, Oberst
Nothwendiger Bericht für die sämtlichen von Scheitherschen Creditoren über die Ursachen, warum der abgeschlossen gewesene Vergleich nicht zu Stande gekommen ist.
Zu Alt-Lüneburg und Trocheln, 1817

Scheither von, Carl Friedrich, Oberst
An meine Mitstände und die am 15.ten December sich versammelten Deputirte: Am 11.ten December 1814

Schwebel, Karl H.,
Aus dem Tagebuch des Bremer Kaufmanns Franz Böving (1773-1849), Bremische Weihnachtsblätter, herausgegeben von der Historischen Gesellschaft Bremen, Heft 15,1974

Schwarzwälder, Herbert
Geschichte der freien Hansestadt Bremen, Bd. I und Bd. II, Edition Temmen, Bremen, 1995

Siemers, Jürgen
Chronik des Dorfes Hönisch, gegründet 1787, in Zusammenarbeit mit dem Arbeitskreis „Dorfchronik“, Verden 1997

Storck, Adam
Ansichten der Freien Hansestadt Bremen und ihren Umgebungen, Frankfurt am Main,1822, Reprint 1977

Thaer, Albrecht Daniel, Staatsrath,
Versuch einer Ausmittelung des Rein-Ertrages der productiven Grundstücke mit Rücksicht auf Boden, Lage und Örtlichkeit, Berlin, in der Realschulbuchhandlung, 1813

Lebensdaten der Margarethe Lameyer, geb. Wieting

12.11.1793	Geburt in Fähr (Amt Blumenthal) Eltern: Lüder Wieting, Schiffsführer Maria Wieting, geb. Rowehl
12.05.1812	Konfirmation in der St. Ansgarii-Kirche, Bremen
26.10.1817 02.11.1817	Eheschließung im Rathaus zu Bremen und kirchliche Trauung in der St. Ansgarii-Kirche mit Friedrich Lameyer, * 21.01.1794 † 18.10.1824 Sohn von Senator Johann Mathias Lameyer und Johanna, geb. Thorspecken
	Kinder von Margarethe und Friedrich Lameyer: * 26.08.1819 Johann Mathias in Bremen, † 08.05.1860 * 30.03.1821 Ludewig in Bremen, † 13.05.1821 auf See * 12.08.1822 Friedrich in Trochel, † 03.01.1867 in Bremen * 16.12.1824 Marie Hanna Margarethe in Trochel † 24.07.1899 in Bremen
11.11.1825	Enterbung von Margarethe Lameyer durch Testament ihrer Eltern
14.07.1826	Verkauf des Gutes in Trochel
06.10.1826	Enterbung von Margarethe Lameyer wird zurückgenommen

danach	Umzug Margarethes mit den Kindern nach Vegesack, Weserstraße 80
	Konfirmation der Kinder in der unierten Kirche zu Vegesack Johann Mathias 1836 Louis 1837 Friedrich 1839 Marie 1842
Oktober 1845	Verkauf eines Teilgrundstückes Weserstr. 80 an Arend Wieting zum Zwecke der Errichtung eines gastronomischen Betriebes (Belle-vue)
27.09.1853	Eheschließung von Marie Lameyer mit Julius Hartmann Pfeiffer in der unierten Kirche zu Vegesack
20.07.1863	Geburt deren einzigen Kindes Margarethe, Juliane, Johanne † 18.05.1867
07.06. 1867	Margarethe Lameyer stirbt in ihrem Haus in der Weserstr. 80

1 STA Bremen 2 – P. 13-39

2 Staatsarchiv Stade, Rep. 131 Nr. 796 Provinz Bremen und Verden. Obrigkeit Rotenburg. Vermessungsregister des Brocker Landes und der Gärten des Adelichen Hofes Trochel, 1824

3 Niedersächsische Landesbibliothek Hannover, MiFiZ – 42, Hannoversche Anzeigen vom 20. Mai 1826

Danksagung

Ich danke allen, die mich dabei unterstützt haben, dieses Buch zu veröffentlichen. Besonders erwähnen möchte ich dabei Herrn Thomas Begerow; die Nutzung seiner familiengeschichtlichen Sammlung sowie seine Ratschläge und Tipps haben mir viel Vorarbeit erspart.

Ich bedanke mich bei der „MAUS“, Gesellschaft für Familienforschung e.V. Bremen, vornehmlich bei Herrn Klostermann, von dessen Wissen und Erfahrungen ich ungemein profitieren konnte und der nicht müde wurde, mir Wege aufzuzeigen, um die Schätze der „MAUS“ für meine Arbeit nutzen zu können.

Ferner danke ich den Mitarbeitern des Staatsarchivs Bremen, allen voran Frau Landsiedel und insbesondere Frau Alpert. Sie sind mir bei meinen langjährigen Recherchen immer wieder geduldig und freundlich begegnet und haben mir ihre sachkundige Hilfe in verschiedenster Form zuteil werden lassen.

Danken möchte ich dem Vorstand und den haupt- und ehrenamtlichen Kräften des Heimat- und Museumsvereins für Vegesack und Umgebung e.V. für ihre Ermutigung und ihr freundliches Entgegenkommen.

Mein besonderer Dank aber gilt Frau Elisabeth Hannover-Drück vom Bremer Frauenmuseum, e. V., die sich meines Manuskripts angenommen, es aufmerksam gelesen, mich feinfühlig beraten und inhaltlich darin bestärkt hat, mich in diesem Buch auf das Leben der Margarethe Lameyer zu konzentrieren und die Geschichte des Vegesacker Frauenvereins von 1837, die ursprünglich mein Hauptanliegen war, gesondert und zu einem späteren Zeitpunkt zu behandeln.